逆転ペスカトーレ

仙川 環

祥伝社文庫

目次

プロローグ

実験室の扉を開けると、獣臭《けものしゅう》が鼻を掠《かす》めた。飼育ケースの中のマウスがいっせいにうごめき始める。

男は、一年間、苦楽をともにしてきたパートナーたちを優しい目で見た。

「今日、新社長のゴーサインが出た。お前らのおかげだよ。ありがとう」

そう口にしてから、男は自分の言っていることが矛盾《むじゅん》していることに気がつき、低く笑った。

マウスの最大寿命は一年を超えるが、実験動物が寿命をまっとうするのは、ごくまれなケースである。だが、一個体ではなく種として彼らが貢献してくれたことに変わりはなかった。

白いつやつやとした毛並み。赤みを帯びた尻尾《しっぽ》。可愛い奴らだ。当分の間は、こいつらに用はない。寿命をまっとうさせてやれるかどうかは分からないが、のんびりと暮らしてもらいたい。

飼育ケースに水と餌《えさ》を補給すると、男はこみ上げてくる感慨に浸《ひた》った。

いよいよ、最終的な仕上げの実験が始まる。それが終われば、晴れて彼の研究成果が世に出る。華々しく学会で発表をしたり、論文を書いたりすることはない。新社長は若いのにしまり屋だし、会社の業績も低迷しているので、社長賞としてせいぜい五万円をもらえるぐらいだろう。だが、男はそれで全く満足だった。

二年前、中国から輸入していた原料にある農薬が基準値の十倍、含まれていたことが発覚した。青天の霹靂《へきれき》とはまさにこのことだった。

大半の非は、彼の会社ではなく、中国の農家、あるいは、農水省にあると男は思う。だが、社長は他人のせいにすることを潔《いさぎよ》しとしない性格だった。男と同じく技術者出身であり、嘘をついてごまかすといったことができない性質でもあった。

社長は狼《おおかみ》のように殺気《さっき》立ってむらがってくるマスコミ連中の前で頭を深く下げるとともに、「人体に影響はないレベル。年に百パック食べたとしても絶対に安全であり、パニックを起こさないでくれ」と懇切丁寧《こんせつていねい》に説明した。その態度に、胸を打たれた社員は、少なくなかったはずだ。

それが逆効果になるとは、思わなかった。数字が一人歩きをしてしまったのが悪かったのだろう。基準値の十倍という数字が新聞の見出しに黒々と躍り、ニュースでもしばしば取り上げられた。

基準値の十倍もの農薬が残っているのに、安全だと開き直る許し難いメーカーとして、彼の会社はワイドショーや週刊誌を賑《にぎ》わした。社長が頭を下げている写真や映像は使われず、口から泡を飛ばしながら安全性について説明している場面だけが繰り返し使用された。

とどめを刺したのは、主婦に絶大な人気を誇るワイドショーの司会者だった。

「盗人猛々《ぬすっとたけだけ》しいとはこのことだね。毒をばら蒔《ま》いたようなもんじゃないか。俺はこんな会社のもの、怖《こわ》くて買えないね。奥さんたちも、そうでしょう」

それから一週間ほど、悪夢のような日々が続いた。山のように送り返されてきた商品。脅迫めいた抗議の電話。かみそりの刃が入った手紙。

研究職である彼は、それらを直接は目にしていない。だが、同僚たちの暗い顔つきから、どんなものであるかは想像できた。

男も入居している社宅のエントランスには、猫の死骸《しがい》が放置され、血の色をしたペンキがぶちまけられた。子どもたちは学校でいじめられた。

一部の冷静な新聞社や専門家が、火消しに努めてくれたが、事態が沈静化するまでにはかなりの日数を要した。そして生活は落ち着いてからも、会社の経営は元通りにはならなかった。

体力のある大手ならともかく、年商三十億あまりの弱小企業である。全国のスーパーに並ぶような主力と言える商品も、数品しかない。そのうちの一つが、自主回収という形で事実上、葬り去られたことで、経営は深刻な打撃を受けた。

他の商品にも、影響は出ている。このままの状態では、会社はあと一年も持たないだろう。八十人の社員が路頭に迷うということだ。

それは理不尽だろう。

なぜならば、おかしな話ではないか？　中国から原料を輸入しなければよかったのかもしれない。しかし、安さを求めたのは消費者だ。

そのとき、静かにドアがノックされた。返事をすると、ドアが開き、小柄な人影が見えた。

「ああ、やっぱりここでしたか。部屋に電話しても出なかったものだから」

「申し訳ありません。こんなところまで足を運ばせてしまって」

「いえ、そんなことはいいのです。それより、例の件ですが明日、話をしにいく際に、あなたも来てください」

「私が？　しかし、ご存じのとおり、研究所から一歩も出たことのないような朴念仁《ぼくねんじん》です。難しい交渉なんかとても……」

「この件は、社内でもごく少数の人間だけが知っていればいいことだと思うんです。口が軽そうな人間じゃダメなんです。そして、深い思いいれがある人間が必要です。だから、あなたが適任だと私は思います。お願いできないでしょうか」

　男は少し考えた。そしてうなずいた。

「お供しましょう」

　男が頭を下げると、新社長は、少し笑った。笑うとえくぼが頰《ほお》に刻まれた。

「よかったです。承知していただいて。聞くところによると、相手の人が、営業マンなんかより、あなたと気が合いそうなかんじなんですよ。よろしく頼みます。あと、明日にでも専務に概要を説明してもらえますか？　あの人は、文系だから、ＵＭＺの理屈がよく飲み込めないようなんです。私も、説明が得意なほうじゃないし」

「分かりました」

　新社長が差し出した手を遠慮がちに握りながら、男はこれから始まる仕事に対して、強烈な意欲が湧《わ》き上がってくるのを感じた。

1章　深海魚

だいぶん前に寝ぼけ眼でつけたテレビから、刀と刀を打ち合わせる音が聞こえてくる。ワイドショーが終わり、暴《あば》れん坊将軍の再放送をやっているのだろう。ちゃんばらシーンに差し掛かっているということは、すでに終盤ということだ。

深山《みやま》あきらは、ベッドの中で寝返りを打った。目を閉じたまま、まぶたの裏側を見ると真っ黒だった。きっと今日も雨。

窓越しに水を跳《は》ね上げる車の音が聞こえた。あきらは自分の勘が正しかったことに小さな満足を覚えた。

腹の虫が鳴った。そういえば、昨夜はまともな食事をしていない。派遣先の会社の有志二人が、あきらの最後の出勤日だからと言って、帰りに居酒屋に誘ってくれた。心遣いは嬉しかったが、行き先は、料理のまずいことで有名なチェーン店だった。

十年前に亡くなったあきらの父は、近くでレストランを経営していた。「れすとらんミヤマ」というのが店の名前である。

小さい頃から、贅沢《ぜいたく》ではないが、きちんとしたものを食べてきた。母はあきらが九歳のときに病気で死んだが、夜は店に行って従業員用の賄《まかな》い食を食べたし、朝と昼の弁当は父が作ってくれた。そんな子ども時代を送ってきたあきらにとって、衣ばかり厚いチェーン居酒屋の揚げ物は、胸焼けを誘発する物体にしか思えない。冷奴《ひややっこ》はどうやって固形を保っているのか疑問に思うほど水っぽいし、イカの姿焼きは、ゴムを嚙《か》んでいるような食感しかしない。

奢《おご》ってくれようという人にそんなことを言うわけにはいかない。そこで、食欲がないということにして、食べ物にはほとんど口をつけず、酒ばかり飲んでいた。

とりあえずのビールから始まり、生レモンサワーを二、三杯。麦焼酎《しょうちゅう》のロックに切り替えて、それからいくつ杯を重ねたのか覚えていない。

腹の虫に応《こた》えるか、それとも、もう一眠りするか。体を動かすほうがどちらかといえば億劫《おっくう》だ。そして、今この瞬間の、ぼんやりとした五感をもう少しの間、楽しみたい。

むき出しの腕と脚にシーツと布団《ふとん》カバーが貼りつく。湿っているというほどではないけれど、ひんやりとしている。この感触を味わえるこの季節、朝、目覚めると魚になった気がする。ぬらりとした表皮に覆《おお》われた沈んだ色の深海魚。光が差さない闇の世界で生まれ、ひっそりと生き、そして死んでいく。深海魚は自分が不幸だなんて思っていないはずだ。

相対性理論を知らないからだとあきらは思う。ホンモノの相対性理論がどういうものなのかなんて、理解していない。でも、相対性という言葉の意味は分かる。すなわち、他人と自分を比較しないということだ。どんな人生でも、それなりに幸せというのは、絶対的な真理という気がする。現実問題として、比較をやめるのは難しい。でも、やめてしまえばどうってことはない。

そのとき、かすかな震動を感じた。誰かが階下の戸を開けたてしたようだ。あきらは体を硬くした。今、この家に住んでいるのはあきら一人だ。

階下をせかせかと歩き回る足音が聞こえた。訪問者が誰であるかが、はっきりと分かった。面倒くさいことになりそうな気がする。あきらは亀のごとく、布団の中に頭を引っ込めた。

足音は、リズミカルに階段を上ってきた。ノックもなしに部屋のドアが開く。大きなため息が一つ。そして、怒ったような声が降ってきた。

「いったい何時まで寝てるのよ？　もうお昼が近いじゃない」

五つ年上の姉、みゆきの声が空気を震《ふる》わせた。

あきらは、布団にさらに深くもぐった。つけっぱなしのピアスが布団に引っかかる。痛みに顔をしかめた瞬間、みゆきは声をさらに大きく張り上げた。

「あきら！」

狸《たぬき》寝入りを続けようか。でも、姉の性格を考えると、それは無駄な抵抗に終わりそうだ。目をこすりながら布団から這《は》い出すと、上体をベッドの上に起こし、ささやかな反論を試みた。

「この前、電話で言ったでしょう？　派遣の仕事は昨日で終わったから、今日から当分、休みなの。休みのときぐらい、ゆっくりしたって……」

勇気がないから、姉の顔を見る気にはなれない。

「ということはあんた、またプータローなわけね？」

みゆきが言った。

こんな文句を言うために、神奈川県の厚木《あつぎ》市から一時間もかけて出てくるなんて。それに、プータローでどこが悪い。みゆきや、みゆきの夫である佐藤《さとう》に金をせびっているわけではないじゃないか。

言い返そうと顔を上げると、みゆきは、腕組みをしてうなずいていた。しかも、満面の笑《え》みをたたえている。いったい何が起きたんだ？　狐《きつね》につままれたような気分で、ベッドの端に腰掛けた。みゆきが鼻の付け根に皺《しわ》を寄せた。

「あら、嫌だ。パジャマぐらい着なさいよ。下着のまま寝るなんて、だらしない」

「下着じゃないもん。これは寝巻き用のキャミソール。それより、わざわざどうしたの？　チビたちは、お義兄《にい》さんがみているの？」

「うちの人、今日は有休を取ったのよ。そんなことはいいわ。それより、話があるの。それも大事な話。こんなところじゃなんだわね。さっさと起きてシャワーを浴びてきなさい」

「あ、うん」

「適当にご飯、作っておくから」

みゆきは、リズミカルな足音とともに、階下へ消えた。

話ってなんだろう。愉快な話とは思えない。もしかしたら、また、例の話だろうか。半年前の記憶が蘇《よみがえ》るとともに、脱力感を覚え、あきらはベッドにどさっと仰向《あおむ》けになった。

半年前、みゆきは、見合い写真を持ってふらりとやってきた。相手は、みゆきの夫、佐藤の大学時代の後輩。少しふっくらとした色白の男で、地銀勤めの三十歳だった。今時小学生でも滅多に見ないようなダサい髪型をして、今時、田舎の人間だって敬遠するような角張った銀縁眼鏡をかけていた。強いて言えば、インテリには見える。でも、その男と家庭を持つ自分を想像すると、申し訳ないけど、吹いてしまった。

みゆきは大いに憤慨し、「大卒だし、堅い仕事だし、優しいらしいから、会うだけでも会ってみなさいよ」と言い張った。「外見で人を決め付けるなんて子どもっぽすぎる」とも言った。でも、そういう問題じゃないと思う。人にはそれぞれ居場所というものがある。インテリ男の隣に自分の居場所はない。ならば、お前の居場所はどこにあるのかと問われると、とたんに言葉に詰まってしまうのだが……。

寝返りを打ったら、腹の虫が鳴いた。いずれにしても、みゆきの話を聞かないわけにはいかないだろう。

シャワーを浴び、ダイニングキッチンに入ると、みゆきが鍋から味噌汁をよそっているところだった。みゆきが結婚を機に家を出てからおよそ十年が経つが、少し首を右に傾けて汁をよそう癖《くせ》は変わっていない。

電子レンジが鳴った。冷凍してあったご飯を温めてくれていたようだ。あきらは、冷蔵庫から一昨日の夜に作ったひじきの煮物と、キュウリの漬物を出した。

湯気のたっている椀《わん》をみゆきが運んできた。味噌汁の実は九条《くじょう》ネギと油揚げ。味噌は冷蔵庫に入っている三種類のうち、仙台《せんだい》味噌を使ったようだ。

仙台味噌は、色こそ濃いが赤味噌のような癖はなく、これを薄めに溶くのがあきらの好みであり、死んだ父の好物でもあった。出汁《だし》はサバ節でとったようだ。カツオ出汁のような華やぎはないが、渋みがかすかに混ざったいい香りがする。すかさず、腹の虫が反応した。

「いただきます」

手を合わせると早速、箸《はし》をとった。

みゆきは、ペットボトルのジャスミン茶を冷蔵庫から出すと、コップに注ぎ、あきらの正面に座った。姉は主婦なんだなあと、しみじみ思った。ペットボトルに口をつけて直接飲むという発想がもうないのだろう。

みゆきが小さく咳《せき》払いをした。

「あんた、さっき、派遣の仕事が終わったって言ってたわよね」

味噌汁をすすりながら、うなずいた。ああ、やっぱりサバ節はいい。野性的な味がする。

みゆきは、テーブルに体を乗り出した。

「実は、小埜《おの》さんが田舎に帰ることになったのよ」

小埜は、れすとらんミヤマのシェフだ。開店した二十年前から父の下で働いており、父の死後は店を切り盛りしてくれている。

「急にまたなんで？」

「お父さんの具合が悪いんですって。去年の終わり頃から何回か倒れたので、向こうに戻らなきゃいけないそうよ。小埜さんは長男で、兄弟もいないらしいから、どうしようもないんだって」

「そうか。そういうことなら仕方ないね」

小埜の故郷は確か、福井県の海岸沿いの小さな町だ。お盆に帰省すると、富山名物「ますのすし」をお土産《みやげ》に買ってくるのでずっと富山県の出身だと思っていたが、同じ北陸の福井の出だと何年か前に知った。

「向こうで仕事はあるのかな」

「それは大丈夫みたい。後継者がいない洋食屋を店ごと引き継ぐことが決まったんだって」と言いながら、みゆきは顔をしかめた。「小埜さんのことは心配しなくていいのよ。それより、私たちにとっては、ウチの店をどうするかが問題でしょう」

「あ、そっか」

シェフは店を取り仕切る要だった。父が死んでからその役割を担ってきた小埜が辞《や》めたら、船頭を失った船のようになりかねない。

「高橋《たかはし》さんにシェフを引き継いでもらうの?」

あきらは、小埜とは対照的に穏《おだ》やかで声を荒らげることなど滅多にない高橋の顔を思い浮かべた。

「高橋さんは、私と同い年でしょ。シェフをやるには、経験が足りないわよ。小埜さんも私と同じ意見だった」

「そうかなあ。どうせたいした店じゃないし、高橋さんでいいんじゃないの?」

みゆきが眉《まゆ》を吊《つ》り上げた。

「あんたも知ってるでしょ。九月一日に、コンビニの向かい側のビルに、ミラノキッチンが進出してくるのよ」

「ああ、そういえばそうだったね。でも、たいした店じゃないじゃん。あそこのチェーンは、安いけどまずいよ」

「お客さんは、あんたみたいに味にうるさい人ばっかりじゃないからね。それに、この間も話したでしょう？　家賃を上げるって大家さんから言われているのよ」

そういえば、そんな話を聞いた覚えがある。れすとらんミヤマの建物は地上二階建てである。一階部分は客席約三十のホールと厨房《ちゅうぼう》から成る店舗で、二階が２ＤＫの間取りの住居だった。開店当初は家族で二階に住んでいた。祖母が亡くなり、空き家となったこの家に父子三人で引っ越してからは、二階の六畳のＤＫは従業員が賄いを食べたり、休息を取ったりする部屋、四畳半と六畳は、男女別の控え室として使用されている。

大家は近所に住む人のよい老人だった。店の常連でもあったが、去年、亡くなってしまった。新たな大家となった息子は、親とは対照的な人物だった。近隣の貸し店舗と比較して、家賃が大幅に低いことを知ると、早速、値上げをほのめかしてきたという。これまでは、大家の好意で賃料が低かったというのは事実だった。状況から考えて、値上げを覚悟しなければならないだろう。だが、今だって経営はカツカツだ。従業員の給料などの経費を差し引けば、儲《もう》けはほぼゼロ。

あってもなくても構わない。れすとらんミヤマは、あきらにとってそういう店だった。

ひじきをたっぷりとご飯に載せてかきこむと、上目遣いでみゆきを見た。

――この機会に店を畳んでもいいんじゃない？

それがあきらの本心だったが、みゆきの想いを考えると、口に出すことはできなかった。

みゆきは高校を卒業後、店で料理人の修行をしていた。将来、父と一緒に店をやっていくつもりだったのだろう。だが、二十歳の頃、中堅建築会社のサラリーマン、佐藤と付き合うようになり、運がよかったのか悪かったのか、ほどなく妊娠した。父の勧めもあってみゆきは店を辞め、佐藤と結婚し、佐藤の会社の社宅がある厚木に移り住んだ。子育てが一段落したら再び店に戻ろうと考えていたのだろう。

ところが、みゆきが結婚した翌年、父が心臓発作で突然死してしまった。このときが店にとって最大の危機だった。親戚連中は、この機会に小埜に店を譲ってはどうかと言ったが、みゆきは頑として断った。小埜にシェフはやってもらうが、経営権は自分が引き継ぐと言い張ったのだ。将来を視野に入れてのことと思われた。幸い、小埜は職人肌で、店の経営には消極的だったので、雇われシェフとして店に残ることを歓迎してくれた。以来、儲かりはしないが、従業員の生活を賄うだけの利益は上げられる店として、ミヤマは十年間続いてきた。

想定外だったのは、長女真沙美《まさみ》がようやく手がかからなくなってきたときに、みゆきが再び妊娠してしまったことだ。現在、長男謙太《けんた》は二歳。みゆきが店に戻るとしてもあと四年はかかるだろう。

いつの間にか、味噌汁の椀が空だった。それに目ざとく気付いたみゆきが、ジャスミン茶をコップに入れてくれる。それで喉《のど》を潤《うるお》すと、残りのご飯を一気にかきこんだ。

「で、お姉ちゃんはどうしたいわけ?」

「小埜さんに、後任を紹介してくれるように頼んでみた」

「なんだ。それを早く言ってよ。小埜さんの替わりに、その新しいシェフが入って、今までどおりに店をやっていけばいいってことだね。小埜さんには、ちゃんと退職金を出してあげたほうがいいよね? お父さんの世話、たいへんだろうから」

「それは考えるけど、そんなことより、その新しいシェフのことよ。小埜さんの紹介だから間違いはないと思うけど、これまでミヤマと縁もゆかりもない人が入るとなると、ちょっと不安だわ。ミヤマの味を守ってくれるかどうか、分からないでしょ」

「でも、高橋さんは残るんでしょう。香津子《かつこ》さんや、大場《おおば》君だって」

みゆきは、きっぱりと首を横に振った。

「高橋さんはいい人だけど、押しが弱いし、香津子ちゃんと大場君は若すぎる。にらみを利《き》かせる人間が必要なのよ。私が通って来られればいいんだけど、チビたちの世話があるから、身動きが取れないいし。ウチの人は、謙太が小学校に上がるまでは、家にいろってうるさいのよ。まあ、私も子育てをないがしろにするつもりもないしね」

みゆきはそう言うと、あきらの目を見た。

「そこであんたの出番ってわけ」

「え？」

コップを持ったまま、あきらは固まった。

「仕事がないんでしょ？　ミヤマのホールで働けばいいじゃない。あんただって、皿を運んだり洗ったりするぐらいはできるでしょう。確か高校の頃、ファミレスでバイトしてたわよね。未経験者ってわけでもないし」

「いや、それはそうだけど、私なんかがうろちょろしていたって、何の押さえにもならないよ」

「そんなことないわよ。一応、あんたも経営者一族ってことになるわけだし」

経営者、という言葉が「れすとらんミヤマ」にふさわしいとは思えないのだが……。あきらは、憮然《ぶぜん》としたまま、ジャスミン茶を飲んだ。渋みばかりが舌に残る。

みゆきが猫なで声で続けた。

「ずっと働けとは言わないわ。あんただって、やりたいことがあるでしょうからね。新しいシェフがちゃんとした人だと分かるまで。そうね、三ケ月ぐらいでいいから、やってちょうだいな。もちろん、給料も出すし」

あきらは、使い終わった食器を流しに下げ、洗い始めた。みゆきの視線を背中に感じた。

みゆきの気持ちは分かる。れすとらんミヤマの置かれている状況も。でも、そのことで、自分の人生が左右されるのは、あまり愉快じゃない。あきらは、食器を洗いながら言った。

「悪いけど気が進まない。お姉ちゃんも知ってるでしょ。人間関係が濃い職場で働くのは苦手なのよ。高橋さんたちは、いい人だと思うけど、毎日、一日中顔を合わせるのは私には無理。それに、昨日まで半年間、働いたから、ちょっと旅にでも出ようかと思っているし」

みゆきの視線が背中に突き刺さってくるようだった。

「またリュック担《かつ》いで、どこかに行くの?」

冷めた声でみゆきが言う。

「うん。ベトナムあたりに行こうかなと思って。ほら、私の夢って古着屋じゃない。向こうの洋服をちょっと見てきたいの」

嘘ではなかった。いつか自分の店を持ちたいと思っている。でも、それが説得力のない言葉だとあきら自身、よく分かっていた。古着屋開設に向けて、具体的なアクションを起こしたことはない。つまりは、夢にすぎないのだ。さすがに二十七歳ともなれば、夢と目標は違うものだと分かる。

夢とは、語るばかりのものであり、目標とは、それに向けて何かをするものだ。適当に働き、適当に休むことを繰り返しながら今日まで生きてきたあきらには、夢しかない。

「あんた、いい加減、大人になりなさいよ」

食器を水切り籠《かご》に伏せながらうな垂《だ》れた。

「いつまでもふらふらされていたら困るの。それに、あんたの稼ぎじゃ、この家の固定資産税だって払えないでしょう。少ないけど店からお金が入ってくるから、あんたの生活は回っているんだからね」

痛いところを突かれて、あきらはむっとなった。

——だったら、家を売ればいい。ワンルームにでも引っ越すから。

そんな台詞《せりふ》が喉元まで出かかった。それをやっとの思いで飲み込んだ。みゆきの言うことは、悔《くや》しいけれど事実だった。

実は密《ひそ》かに引越しを計画したこともある。この家に一人で住まわせてもらっているのは申し訳ないような気がしたからだ。だが、都内だとワンルームでも結構、値が張る。今の働き方では、ろくな部屋には住めないだろう。今の暮らしを守るためには、多少の我慢は必要ということかもしれない。

洗い終えた食器を水切り籠に伏せると、タオルで手をぬぐいながら振り向いた。

「三ケ月でいいのね」

あきらが言うと、みゆきは満面に笑みを浮かべてうなずいた。

「とりあえずはね。じゃあ、明後日、ランチが終わる三時頃に小埜さんが紹介してくれるシェフが来るそうだから、あんたも店に来てちょうだい」

「明後日もお義兄さんが有休を取るの？」

「ううん。それは無理。真沙美の友達のお母さんに、二人を預かってもらうつもり」

「そっか」

みゆきは、肉付きのいい肩をすくめると、首を小さく傾けた。

「あんたって、どうでもいいことをやたらと気にする性質《たち》だね。昔っからそういうところがあったけど。でも、もういい年なんだから、もっと大局を見なさい」

はいはい。分かりましたよ。

心の中で舌を出しながら、みゆきが帰ったら高円寺《こうえんじ》にでも服を見に行こうと思った。

服といえば、れすとらんミヤマのウェイトレスは、深緑の制服に白いエプロンをつけて店に立つ。あんな野暮ったい服を着なければならないとは憂鬱《ゆううつ》だ。そもそも、スカートなんぞを身につけるのは、三年前に友達の結婚式に出席して以来のことだ。食べ物を扱うわけだから、指輪ははずしたほうがよさそうだが、ピアスはつけていても大丈夫だろうか。

これがみゆきの言うところの「どうでもいいことを気にする性質」ということか。

あきらは、思わず苦笑いを洩《も》らした。それをみゆきが見咎《みとが》めた。

「気を引き締めてちょうだいよ。新しいシェフを迎えて、絶対に儲かる店にする。これが、私たちのミッションなんだからね」

ミッションか。そんな言葉、使ったこともなかった。でも、素直にうなずいた。

「分かったよ」

みゆきは満足そうに微笑《ほほえ》んだ。


二日後、あきらはジーンズにシンプルなカットソーというでたちで、れすとらんミヤマに向かった。霧のような雨が降っていた。空気は肌寒かった。サンダルを履いた素足に当たる雨粒が冷たい。

店は代々木上原《よよぎうえはら》の駅の南側、家とは駅を挟んで徒歩八分ほどのところにある。井ノ頭《いかしら》通りを渡り、東京大学駒場《こまば》キャンパスの方向に伸びるさして広くはない通り沿いの二階建てである。

出される料理は、洋食屋ほど庶民的ではないが、めかしこんでハレの日に訪れるリストランテほど気取ってもいない。

夜はアラカルトのほか、前菜からデザートまで四品のコースも出しているが、最も高いもので四千円弱。ハウスワインを二杯飲んでも五千円でお釣りが出る。ランチはパスタ、リゾットなどとミニサラダ、飲み物のセットで最も高いものが千五十円。低価格を売り物にした店にはかなわないが、そこそこリーズナブルなほうだろう。

主な客は、近所に住む人や、近所に勤め先がある人だった。たまに東大の学生が集団で来店することもある。

ただ、店の経営は収支トントンといったところだ。三年ほど前に、歩いて五分ほどのところにカジュアルなイタリア料理を出すチェーン店が進出して以来、売り上げは伸び悩んでいる。

道の向かい側から、霧雨に濡《ぬ》れるれすとらんミヤマを眺めた。店の扉には、「準備中」という木の札がかかっていた。メニューを書き出した黒板も裏側を向けられている。窓にかかったレースのカーテンの向こう側で、人が動き回っているのが見える。まだランチの後片付けをしているのかもしれない。

父が亡くなる前までは、毎晩のようにここに来て、従業員に混じって賄いを食べていた。だが父が死んで以来、訪れる機会は滅多になかった。

直近で来たのは、なんと正月だ。正月二日の夜、店の厨房で料理を作り、正式に食器を並べて飲み食いするのが、深山家の慣《なら》わしだった。母が亡くなってからも、みゆきが結婚して家を出てからも、父が亡くなってからもそれは続いている。

今年の正月は、あきらがみゆきたち一家のために、一人で腕を振るった。食材は小埜が注文しておいてくれた。といっても、素人《しろうと》のあきらが作れるものは限られており、前菜はスモークサーモンのマリネ、パスタはペペロンチーノ、メインはポテトとブロッコリーを添えた牛フィレ肉のステーキ、デザートはバニラアイスクリームのクランベリーソースがけというものだった。

　佐藤や子どもたちは、嬉しそうに食べてくれたが、みゆきは正月だというのにメニューに華やぎがないと文句を言っていた。でも、来年の正月、みゆきに一日コックの座を再び渡す気にはなれなかった。父が亡くなった年にみゆきが作った料理はそれなりにおいしかった。わずか二年とはいえ、修行しただけのことはあると感じた。しかし、それ以降、みゆきの料理は年々、まずくなっていった。いや、まずいというのは語弊《ごへい》がある。家庭料理っぽくなっていったと言ったほうが正確かもしれない。メニュー自体は凝《こ》ったものだったが、コクや深みが足りなかった。

　問題は本人が全くそのことに気付いていないことだった。主婦としての経済感覚が、高価なオリーブオイルや発酵バターを贅沢に使うことを、知らず知らずのうちにためらわせるのか。それとも、子どもや夫の健康を無意識に気にしてしまうのか。

　店の二階で夕食を食べていた頃、父はたまに店で出す料理をほんの少し味見させてくれた。賄いや家庭料理と、プロが客のために出す料理の違いを嫌というほど叩《たた》き込まれた。レストランでの食事は、特別なものだ。どんなときでも、家庭料理まがいのものを店のテーブルに出してはいけない。そう語るときの父の目は真剣だった。

みゆきは、あの頃父に教わったことを忘れてしまったのだろうか。それは、悪いことではないと思う。それだけ彼女は主婦としての生活になじんでいるということだ。非難するのも筋違いだろう。そうはいっても、父の言葉を記憶している以上、みゆきの家庭料理をテーブルに並べるのは気が咎めた。来年も、正月は自分が料理を作るつもりだった。凝ったものは作れないが、それなりのものなら、中学の頃、父に教わったので作れる。

そのとき、深緑の制服に身を包んだ女が店から出てきた。背が低く、健康的な程度にぽっちゃりとしている。ホール係の進藤若菜《しんどうわかな》だった。寒そうに肩をすぼめながら、入り口に出してある黒板を片付け始めた。

若菜はあきらに気付くと、小動物のような丸い目を大きく見開いた。そして、天然パーマの短い髪に手をやると、はにかむように笑いながら、「こんにちは」と挨拶《あいさつ》した。

あきらは軽く頭を下げた。

「どうぞよろしくお願いします」

若菜が店に入ってから二年近くが経つ。年は若菜のほうが三つほど下だが、この店では彼女が先輩だった。若菜はミヤマに来る前、新橋にある日本料理店で修行をした経験があるそうで、飲食業従事者として大先輩とも言え、肩書きこそないが、ホールを取り仕切っている。意地を張らずに、いろいろと教えてもらったほうがいいだろう。

若菜は問いかけるようなまなざしを向けてきた。

「あの、それはどういう……」

「そっか。お姉ちゃん、まだ言っていなかったんだね。月末に小埜さんが辞めて、新しいシェフの人が入るでしょ。その人が店に慣れるまでの間、私もホールで働けって、お姉ちゃんに言われたの」

若菜が、再び目を見張った。

「へえ。そうだったんですか。こちらこそ、どうぞよろしくお願いいたします」

北海道の田舎でうるさ型の親に厳しくしつけられたせいか、前の店で鍛《きた》えられたせいか、年のわりに丁寧な娘だ。

「私、飲食業はほとんど初めてなんだ。いろいろ教えてね。というか、若菜ちゃんが頼りよ。高橋さんや大場君は大丈夫だろうけど、怖そうな人が約一名いるし……」

冗談めかして言うと、若菜は困ったように笑った。

「みゆきさんも、新しいシェフの人もいらっしゃっています」

約束の三時にはまだ五分ほどあるはずだが、それでも遅いとみゆきは怒るだろうか。

店に入ると、いつもは白いクロスがかかっているテーブルが、むき出しになっていた。ランチが終わった後、すべてのクロスを取り替えるのだ。奥まったところにある六人掛けのテーブル席にみゆきと小埜、そして細くて背が高い男がいた。存在感の薄い男だった。

小柄だががっちりとして、眉や髭《ひげ》が濃い小埜と並んでいるから、余計そう感じるのかもしれない。

みゆきは、襟《えり》なしのツーピースに身を包んでいた。真沙美の入学式にでも着ていったものだろう。

みゆきは、「遅い」というように顔をしかめたが、すぐに気を取り直したようで、「早くご挨拶なさい。こちら、新しいシェフの霞《かすみ》さんよ」と気取った声で言った。

名は体を現すとはよくいったものだと感心しながら、名乗って席に着いた。それを待っていたように、小埜が大きな目をぎょろりとむいてみゆきを見た。

「みゆきさん、あきらちゃんがなぜこの場に?」

「考えたんですけどね。霞さんが、落ち着くまでの間……。そうね、半年ぐらいあきらにホールで働いてもらおうと思っているんです」

小埜が首をひねった。

「ホールの人手は、若菜とバイトの子で足りていますよ。人件費の問題もあるし、あきらちゃんに手伝ってもらわなくても回りますがね」

厨房のほうから、食器が触れ合う音が聞こえてきた。高橋らがランチの片付け、あるいは、ディナーの準備にいそしんでいるようだ。準備中の札がかかっていても、店は動いている。

そのとき、霞がぼそっと言った。

「監視ってことじゃないですか。俺は、どこの馬の骨とも分からない男ですからね」

小埜が鋭い目でみゆきを見た。みゆきが気まずそうに体をよじる。

「監視だなんて、人聞きの悪いことを。でもほら、高橋さんも、ああいう人だし、初めは私も霞さんも、お互いに勝手が分からないだろうと思って。私はなかなか店には来られないし」

小埜は、憤慨したように腕を組んだ。その隣で、霞は薄笑いを浮かべている。みゆきがあきらの袖を引っ張った。

「ほら、あきら、霞さんにご挨拶なさい。よろしくお願いしますって」

どうしようもないなあ、とあきらは思う。そういう空気ではないだろう。小埜と霞の顔には、見えない文字が貼り付いている。

――こんな小娘を監視役につけるなんて、どういう了見なんだ。

小埜は気分を落ち着かせるように、水の入ったコップを手に取り、中身を一気に飲んだ。大きな喉仏が滑稽《こっけい》に見えるほど、激しく上下に動く。水を飲み干すと、芝居がかった手つきでコップをテーブルに置いた。

「みゆきさん、それは話が違うでしょう。俺、こいつを紹介する前に、念を押しましたよね。店のことを一切、任せてもらう条件なら、いい人間を連れてこられるって」

「ええ、覚えていますとも」

「だったら、なんでこんなことをするんですか」

「私はあきらを支配人にすると言っているわけじゃないですよ？　ホールの使いっ走りに使ってくれと言っているだけですよ？　難しく考えなくても」

ふいに霞が金属的な声で笑い出し、小埜の肩をなれなれしく叩いた。

「小埜ちゃん、もういいよ。金は出すが口は出さないお気楽なスポンサーがいる。ほんのわずかな上納金を納めれば、自由に腕を振るえるなんて、そんなうまい話、あるわけがないと俺も思ってたんだ」

小埜の顔に朱が走った。うわっ、怒るぞ。小埜が怒ると、めちゃくちゃ怖い。高橋が怒鳴《な》られるのを目にするたびにあきらは震え上がったものだ。身構えたとき、怒鳴《ど》り声が隣から響いてきて、あきらはぎょっとした。

「ちょっと、小埜さんっ！　お気楽だなんて、あんまりだわ」

霞がすっと立ち上がった。

「俺の求める条件は叶《かな》えられそうもないですね。時間の無駄なんで、引き上げますよ。小埜さん、故郷での第二の人生、陰ながら応援させてもらいます」

霞は軽く手を振ると、ゆったりとした足取りで出口へと向かった。細い背中は頼りなく、やっぱり存在感が薄かった。

「ったく、あいつの態度はなんなんだ。腕はいいんだが」

小埜が、誰にともなくつぶやく。みゆきが、奥の厨房に向かって声を張り上げた。

「大場君、コーヒー！　濃いのを大至急でお願い」

奥の部屋から「ほーい」という間の抜けた返事が聞こえた。

ほどなく、若菜がコーヒーを運んできた。ヨーロッパ風の濃いもので、従業員用ではなく、店で提供しているものだった。それを一口飲むと、みゆきは小埜に声をかけた。

「まあ、いいわ。善後策を話し合いましょう」

みゆきの強引さには閉口するけど、気持ちの切り替えの早さには、いい意味でしょっちゅう驚かされる。うじうじと悩んだり、愚痴《ぐち》をこぼしたりすることがほとんどない。子どもができたときも、周囲が驚くほど潔く料理の世界から身を引き、家庭に入った。

あきらが深海魚なら、みゆきは回遊魚だ。ぴちぴちとした体を躍らせながら、広い海原を目的の地へとまっすぐに向かって泳いでいく。途中、海流の変化があっても動じないで泳ぎきる強さが、みゆきにはある。姉妹なのに、どうしてこうも違うのか。

小埜はカップを手に取った。それに口をつけながら、冷静さを取り戻した目でみゆきを見た。

「方便とはいえ、俺も言い過ぎました。でも、繰り返しになるけど、今、まともな料理人を引っ張ってくるのは、たいへんなんです」

「小埜さんがそう言うなら、そうなんでしょう。この際、さっきみたいな口説き文句を使っても構わないから、他に当てはありませんか？　小埜さんは、今月一杯で終わりでしょう。ブランクを作りたくないのよ」

「それは分かりますが」と言いながら、小埜があきらをちらっと見た。あきらはすかさず、口を挟んだ。

「やっぱり、私は店に出ないほうがいいよ。はっきり言ってしまえば、お姉ちゃんのスパイみたいなもんだから、気分が悪いんだと思う」

小埜が、よくぞ言ってくれたというようにうなずいた。

「いや、もちろん、あきらちゃんは、スパイなんて真似ができる陰湿な子じゃない。それはもう、俺だってよーく分かっている。ちっちゃい頃からずっと知ってますからね。でも、シェフの側からしてみると……」

みゆきが唇を曲げ、小埜を遮《さえぎ》った。

「なんですか？　じゃあ、小埜さんは、私が陰湿だとでも？」

小埜が泡を食ったように、唇を半開きにした。

「まあまあ、お姉ちゃん。だから、そうじゃないんだって」

あきらは、みゆきの肩を叩いた。

「私らは素人なんだから、シェフを信頼してお任せしますって言ったほうがいいんだよ。

実際、小埜さんにはすべてお任せしてきたわけで、それでうまく回っていたでしょ」

「そうです、そのとおり。腕を信頼して任せてくれる人のためになら、一所懸命やろうという気にもなる。みゆきさん、そのあたりのことを考えてもらえませんか。もしなんなら、俺、霞をもう一度、説得したって構いませんよ」

みゆきは、思案するように唇を噛んでいた。だが、きっぱりと首を横に振った。

「小埜さんは、ずっと父と一緒にやってきた人だから、全面的に信頼していたわ。でも、霞さんにせよ、他の人にせよ、小埜さんと同じようには思えない。私は性善説を信じてないから」

小埜がため息を吐《つ》いた。

「みゆきさん、現実ってもんを見てくださいよ。給料をたくさん出すなら、どんな条件でもそれなりの人は見つかるでしょう。でも、そうしたら、みゆきさんたちにお渡しできる金も減るっていうのが道理で、それはお互いにとって、いいことではないと思うんですがね。それに霞は腕は確かだし」

「とりあえず、あの人はダメ。いくら腕がよくったって、ああいう性格の人にウチの店に入ってほしくないわ。それに、あきらをここで働かせることについても、譲れないわ。地元密着で二十年。グルメ雑誌に載るような店じゃないかもしれないけれど、常連さんはついているじゃない。そういう人たちのためにもミヤマの味は守らなきゃならないの。シェフの勝手にされちゃあ困るのよ」

　このままでは、話し合いは平行線で終わりそうだ。みゆきは、一度言い出したらきかないところがある。小埜も、同じことを考えているようだった。腕組みをしながら、鼻の頭を掻《か》いている。どちらも、悪い人間ではないと思う。でも、嚙み合っていない。

　三人はそれからしばらく黙っていた。通りを走る車が、アスファルトに溜《た》まった水を跳ね上げる音が、やけにはっきりと響いてくる。厨房からの物音は、いつしか消えていた。高橋たちは二階に上がってしまったようだ。

　ようやく小埜が顔を上げた。

「この際、高橋に任せますかね。奴なら、あきらちゃんが店に入るのを嫌だとは言わないだろうし」

「そうね。私もそう思っていたところ」

　あきらは、唇を嚙んだ。こういう成り行きになるとは思っていなかった。高橋と一緒に働くのか……。苦い気持ちが胸にこみ上げた。でも、ここで自分が高橋ではダメだと言い張る理由は、見つかりそうもない。小埜は、高橋と話をしてくると言って席を立った。みゆきは時間が気になるようで、真沙美を預けた友人らしい相手を携帯で呼び出し、しきりに頭を下げている。あきらは、カップに少しだけ残っていたコーヒーを舌先で舐《な》め取った。

高橋は、父が亡くなる二、三年前に、新人として店に入った。初めて会った日のことは、はっきりと覚えている。二階のダイニングキッチンに賄いを食べに来たとき、テーブルにひっそりと座っていた。色が白く、髪の毛は自然な茶色だった。高橋は、あきらを見ると、ふわっと笑った。

その瞬間、高橋のことが好きになった。相手が特別格好良くなくても、一目ぼれをすることってあるんだと感心したものだ。

あきらが通っていた中学では、素朴な外見の男子は例外なくダサかった。外見じゃないと思ったりもしたが、偏差値を異常に気にしていたり、あきらにはさっぱり理解できないゲームに夢中だったりでは、好きになんかなれない。だから、髪を染め、ズボンを腰で穿《は》くような子をボーイフレンドにしていたけれど、彼らにも違和感を覚えていた。そして、彼らに気に入られるよう、髪を金髪に近い茶に染め、朝、二十分以上かけてつけまつげをつけている自分にも。

高橋と会った翌日、髪を黒く染めなおし、化粧をやめた。

そのとき、階段から足音が響いてきた。足音は一つじゃない。みゆきが携帯を切って立ち上がる。あきらもそれに倣《なら》った。

久しぶりに見る高橋の頬は少し上気していた。彼の胸元にきらめく銀のチェーンが見えた。あの先には、プラチナのリングがぶら下がっている。料理をするときには、指に何もつけないほうがいいのだそうだ。

綺麗《きれい》な指で額《ひたい》にかかる髪を払うと、高橋は頭を深く下げた。

「僕には、荷が重過ぎるかもしれません。でも、亡くなった深山シェフの志《こころざし》を守れるよう、精一杯やらせていただきます」

高橋にしては、驚くほどはっきりとした意思表示だった。みゆきも少々、面食《めんく》らったようで、目をしきりに瞬《しばたた》いている。

高橋は再び頭を下げた。そして、あきらに向かって、穏やかなまなざしを注いできた。

心臓がぎゅっと縮まったような気がした。でも、それはほんの一瞬のことだった。

「店に入ってくれるそうですね。どうぞよろしくお願いします」

「こちらこそ、よろしくお願いします」

意外なほど、普通に言えた。高橋が、ほっとしたように微笑んだ。あきらも、微笑み返した。

考えてみれば、あれから何年も経っている。それに、高橋はおそらく、あの頃、あきらがどれだけ傷ついたか、気がついていない。

「落ち着くところに落ち着きましたね。じゃあ、来週にでも引継ぎをしましょう」

小埜が肩の荷を降ろしたように言った。

専務がこめかみを指で揉《も》んだ。

「もう一度分かりやすく説明してくれ。その味覚レセプターとやらの仕組みが、どうなっているのか、俺にはよく分からん。クライアントを探すにしても、これじゃあ説明ができないよ」

男は、気付かれないようにため息を吐いた。しかし、すぐに気を取り直した。味覚の仕組みは、視覚や聴覚と比べて複雑であり、いまだに謎が多い。仕組みの一端を解明しただけで、数年前、米国の研究者がノーベル賞を取ったぐらいだ。素人に、分かってもらうには、噛み砕き、粘り強く説明しなければならない。

「味覚には、五つの基本要素があります。そこまではいいですよね？」

「ああ。甘味、塩味、うま味、苦味、酸味だったな」

「はい。基本的にはその五つの要素が、分子として食品の中に含まれており、それぞれが舌の表面にある受容体、つまりレセプターに結合します。レセプターの本体は、七回膜貫通型受容体たんぱく質でして……」

専務が頭を掻いた。イメージがわきにくいのか。まあ、受容体の詳細を説明してもしようがないだろう。

「ええっと、そうですね。花粉症の薬のコマーシャルを思い出してください。鍵穴に分子が入るようなイメージの。あれの、鍵穴のほうが、レセプターです」

「ああ、そうか。それが五種類あるわけだな」

「そうです、そうです。分子が鍵穴に結合すると、それが刺激となり、神経を通じて脳に信号が伝わり、味として認識される。五種類のレセプターからの刺激の組み合わせによって、いろんな味が実現するわけです。でも、もとは、それぞれの分子とレセプターの結合が基本。たとえば、塩味の場合、ナトリウムがその一つのわけです。うま味は、主にアミノ酸や核酸」

「うま味調味料の原料は、そういうものだったな」

「はい。ただ、これらの五味以外にも、人間の脳がうまいと認識するものがあります。しかも、病み付きと言われる現象が現れるような。こいつが、強烈なわけです。また、風味というのは、味とは厳密には異なります。この二つをターゲットに、スクリーニングを実施したわけです」

「それだ。そこが分からない」

ああ、また難しくなってしまったか。

男は、ノートを広げた。図を描いてみせるのが、手っ取り早いと思ったからだ。手早く模式図を作成した。

「つまりは、こういうことです」

専務が紙を食い入るように眺めた。しばらくしてから、ぽつりと言った。

「これは……。要するに、うまくないが、うまいということか?」

男は、ほっとしながらうなずいた。

2章　戦闘員

二階にある従業員用の控え室で、深緑色の制服に着替えた。壁にかけてある姿見に自分を映すと、ため息が出てきた。先週梅雨が明け、外は快晴だというのに、こんな服を着て店に閉じ込められているなんて。

一ケ月前、初めてこの制服に袖を通したとき、慣れれば気にならなくなるかと思った。たとえば、中学の制服だった襟なしブレザーも、みっともない代物《しろもの》だと思っていたけどすぐに慣れた。ミヤマの制服は、慣れるどころかますます嫌になる。

ダサい。その一言につきるのだ。イボ蛙《がえる》みたいな色なんて、飲食店の制服としてもってのほかじゃなかろうか。形も、子ども向けのヒーロードラマに登場する女戦闘員みたいだ。そんなワンピースの上に大げさなフリルがついた白いエプロンをつける。

あきらは、実年齢より二、三歳若く見られることが多い。それでも、子ども服を大人が無理やり着たようなヘンテコな具合になるのだから、もっと年をとった、たとえば四十代の女性がこれを着たら、とんでもないことになるだろう。

れすとらんミヤマのホール係は、進藤若菜とあきらの二人が常勤だった。金曜と土曜の夜はアルバイトの大学生が入っていたが、彼女は夏休みを利用して海外に語学留学するとかで辞めてしまった。新たに募集をかけているそうだが、面接に来てこの制服を見たら、まともなセンスの子ならば、向こうから断ると思う。

控え室自体も、ダサかった。二階は、もとは住居であり、改装もしていないからしようがないのだが、畳敷き。そこに、スチール製のロッカーとベンチが鎮座している。また、階下に収納しきれない乾物のストックを並べた棚もあった。

控え室を出ると、廊下を挟んでもとはダイニングキッチンがあった部屋がある。この部屋には、今もテーブルが置かれている。

お茶を飲もうと思ってその部屋に入ると、和賀《わが》香津子が一人でぼんやりとしていた。賄いを食べ終わったばかりらしく、空の皿がまだテーブルに置いてあった。香津子は料理人である。あきらと同い年だが、現在、高橋についで二席だった。その下に二十二歳の大場充《みつる》。小埜が去った一週間前からこの三人体制で厨房を回している。大場はこれまでホールと兼任のような形だったのが、あきらが入店したのを機に厨房に専念することになった。

香津子は、イラン人のようなくっきりとした目鼻を歪《ゆが》めながら、言った。

「爪、色をつけないほうがいいよ」

咄嗟《とっさ》に拳《こぶし》を握り、指先を隠した。香津子はふうっと息を吐くと、それきり黙り込んだ。マグカップにティーバッグを入れ、ポットのお湯を注ぐ最中、自分の爪が気になってしようがなかった。マニキュアはごく薄いピンク色。これでもそんなに目立つのだろうか。短く短く切りそろえているわけだし、このぐらいならば、問題ないと思っていたのだが。

あきらが返事をしなかったのが気に障《さわ》ったのだろうか。香津子は大げさなため息を吐いた。

「高橋さんは、何も言わないわね。でも、いい気にならないことよ。あなたは、この店で一番下なんだから」

「はい」

内心、むっとしながらうなずいた。

「そういえば、昨日も二枚、皿を割っていたでしょ。皿だってタダじゃないんだからね。私が前に勤めていた店だったら、実費を給料から引くと思うけど」

「申し訳ありません」

「気をつけてよね。特に接客」

香津子はそう言うと、声を潜めた。

「最近、どこかの調査員が来ているみたいなのよ。高橋さんは、気のせいだろうっていうけど、私、気になったからみゆきさんに報告しようと思って」

「調査員?」

香津子がうなずく。

「昨日の昼間に店の周りをうろちょろしていた人がいた。五十歳ぐらいのサラリーマン風の男でさ。そいつ、夜にうちに食べに来たわ。若い男と二人で来たんだけど、大量に料理を注文したの。あまりにも食べ残しが多かったから気になってホールを覗《のぞ》いたら、そいつがいたってわけ」

「パーティーの下見に来た幹事かなんかじゃないですか?」

香津子の目が険《けわ》しくなった。

「そんなんじゃないわ。うまく言えないけど、何かの調査をしていたと思う。様子がとにかく変だったのよ。料理を残したくせに、シェフに挨拶したいとか言って、高橋さんを呼び出すし。単に、挨拶をしただけで、なんの話もなかったって、高橋さんも不思議がってたわ」

「そうですか。でも、どういう人なんですかね? まさかうちにミシュランの調査員が来るわけないし」

「賃料で大家さんと揉めているんでしょう? 嫌がらせでもするつもりじゃないかしら」

「まさか。そんな幼稚なこと、普通考え付きませんよ」

香津子は、幼稚と言われたのが心外だったのか、唇をすぼめたが、すぐに肩をすくめた。

「私も、まさかとは思うけど。でも、とにかく、難癖をつけられたりしないように、サービスを徹底してやってほしいってこと。特にあんたは新米なんだから気をつけてね」

あきらは、小さく頭を下げると、カップを持って控え室に戻った。ここで飲んだら、お茶が苦くなりそうだ。

それほど心配することはないように思えた。もし、再度、その男が姿を現したら考えればいいことではないか。それにしても、香津子は面倒くさい。話していると、息が詰まりそうになる。苦手なタイプだった。どこかみゆきに似ている。

香津子は大学卒業後、一部上場企業で事務職をしていたが、男子社員の補助的な業務ばかりやらされることに辟易《へきえき》して、調理師学校の夜間コースに通って調理師免許をとったらしい。前の職場は、麻布《あざぶ》のほうにある有名なフレンチレストランだと聞いている。なぜ、そこを辞めてミヤマなんぞに移ってきたのかは知らない。みゆきが誘ったそうだが給料はかなり違うはずだ。

そのとき、ダイニングキッチンから香津子の鋭い声が聞こえた。その数秒後、進藤若菜が肩を落として控え室に入ってきた。若菜はあきらに気がつくと、泣き笑いのような表情を浮かべた。

「戻りが遅いって、香津子さんに怒鳴られちゃいました」

ホール係の休憩は四時までだった。時計を見ると、二分ほど過ぎている。

「私、愚図《ぐず》だから叱《しか》られてばかりで」

「気にしなさんな。私もやられたところよ。下っ端なんだからいい気になるなって」

若菜が丸い目を見開いた。

「でも、あきらさんはこの店の」

「現場では、そういうことは関係ないんだよ」

「そうかなあ。あきらさんは我慢強いですね」

あきらは苦笑した。みゆきに比べれば、香津子はまだマシだ。もの言いはきついけれど、彼女にはあきらに何かを強要することはできない。

お茶を飲み終わるとエプロンをつけ、控え室を出た。

階下に下りると、厨房を覗いた。すでに仕事が始まっていた。高橋が真剣な目つきで、スープの味を見ている。大場は機械のような一定のリズムでタマネギを刻んでいる。そのたびに、コック帽からはみ出している茶髪が揺れた。香津子は八百屋から届いたばかりと思われる段ボール箱から、赤く熟《う》れたトマトを出しているところだ。

開店前の厨房に漂う空気は悪くない。試合を前にしたスポーツ選手のような緊張感が、見ていて心地よい。

高橋が大型の冷蔵庫を開き、調理台に魚を並べ始めた。スズキだ。今朝、出入りの魚屋から電話があり、お勧めだと言ってきた。

今夜のメインはスズキのポワレと、チキンのバルサミコソースと子牛のワイン煮。このうち、子牛のワイン煮は大量に作ってあるものを解凍するだけだ。パスタはトマトとナスのリングイネと、シラスの和風スパ。

シェフが小埜から高橋に代わって、初めての土曜日である。土曜は平日より三割がた人が多い。うまくさばけるといいのだけれど。

厨房の入り口にぼうっと立っているあきらを、早速香津子が見咎めた。

「何をぼうっとしているのよ。ホールでナイフやフォークを確認して」

高橋が手を止め、気遣うようにあきらを見た。

「このぐらい大丈夫」という意味をこめて笑ってみせると、高橋はほっとしたように作業に戻った。

この日は、五時の開店と同時に家族連れが一組、入ってきた。昨日、あきらが予約の電話を受けた客で唐沢《からさわ》という名前だった。中学生と小学生の子どもが一人ずつと、その両親らしき男女の四人である。

コースを四人前とワインを一本、頼んでくれた。いいお客さんだ。子どもに安易にジュースなど飲ませないのも、好感が持てる。飯と一緒にオレンジジュースを飲ませていると、子どもの舌が馬鹿になっていくと、昔、父が言っていた。

ワインはカリフォルニア産の赤。テイスティングをしてもらうため、父親のグラスに注いだ。途中、はっとした。ラベルが下を向いている。ラベルを上に向けて注げと、昨日、注意されたばかりだった。さりげなくボトルを回してごまかした。

父親は、ちょっと驚くぐらい痩《や》せていた。通勤着からネクタイを取ったような格好だが目元は柔和《にゅうわ》で、よき家庭人であることが窺《うかが》える。母親は、型は古いが仕立てがよさそうなワンピースを着ていた。

前菜の皿を下げ、パスタを運んでいったときだ。下の女の子がトマトとナス、そしてフレッシュバジルの鮮やかな色合いに驚いたように、目を輝かせた。

「ウチで作るのとは全然違うね。ファミレスとも違う」

父親が、優しく笑った。

「そりゃあ、ファミレスとは違うさ。この店は、お父さんが会社に入ったばかりの頃に、先輩に連れてきてもらったんだ。いい店だろ」

あきらは、微笑みながら頭を下げた。それに気付かず、母親が父親を軽くにらんだ。

「今日は、お父さんの誕生日だから特別よ。そうしょっちゅうは来られませんからね」

「俺、回転寿司より、こっちのほうがいいや」

上の男の子が、パスタを頬張りながら言った。こういう人達が来てくれるのは本当に嬉しい。後で高橋に伝えよう。

ホールの席は、半分ぐらいが埋まっていた。男女のカップルのほか、女性グループが中心だ。先週よりは少ないが、シェフの交代をアナウンスしているわけではないから、高橋のせいではない。問題は、今夜来た客のどれだけが、満足してくれたかということだ。あきらは、できる限り丁寧かつ朗《ほが》らかな接客を心がけた。

九時を回ると、残っている客はカップル一組だけとなった。ラストオーダーは九時半。彼らがおそらく最後だろう。

食後のコーヒーとデザートのバニラアイスを出すと、あきらは厨房へ向かった。少し休みたかったが、皿洗いの仕事が待っている。香津子が言うには、下っ端であるあきらは、ホールの客がだいたい引けたら、溜まっている皿を洗わなければならないそうだ。若菜は常勤とはいえ、時間給で働いているので、その役をやる必要はないが、あきらに断る理由はないと言われた。大場は、これまでどおり、自分がやると言ってくれたが、香津子ににらまれるのも嫌なので、引き受けることにした。

厨房に入る前に、むくんでしまったふくらはぎを拳で軽く叩いた。二センチは太くなっているんじゃなかろうか。

そのとき、店の扉が開く音がした。あきらは、慌《あわ》ててホールに戻った。男が手ぶらで立っていた。連れはいない。年は四十ぐらいだろうか。角刈りで、くたびれたポロシャツにコットンパンツを穿いている。よく引き締まった体つきをしていた。

客なのかどうか判断しかねていると、男が若菜に向かって声をかけた。

「まだ大丈夫？」

「ラストオーダーは九時半になりますが、よろしいでしょうか」

男は腕時計をちらっと見ると、うなずいた。そして窓際の席に着くなり注文した。

「Aコース。メインは子牛でパスタはシラス。飲み物は水でいい」

若菜がオーダーを伝えるために厨房に向かった。あきらは、水の入ったグラスを男に出した。男は喉が渇《かわ》いていたのか、あきらがグラスを置くなり、それを手に取り、一口飲んだ。その瞬間、男の顔色が変わった。

「これはフィンガーボールの水か？」

内心、焦《あせ》りながら、あきらはできるだけ落ち着いた声を出した。

「お口に合いませんでしたでしょうか。当店は水に少々レモンを浮かべています」

「それは分かるが、量が多すぎだろ。皮の苦味まで水に移っちまっている」

「申し訳ありません。新しいものをお持ちいたします」

「いや、構わん。ハウスワインの白をグラスでもらおう」

男はそう言うと、テーブルに肘《ひじ》をつき、窓の外をぼんやりと眺め始めた。

厨房では高橋が調理台に広げた紙になにやら書き付けていた。明日、肉屋、八百屋、牛乳屋などに持ってきてもらう食材だろう。そういえば、引継ぎの際、みゆきがくどいほど、ロスを減らすように言っていた。肉や魚は、場合によっては冷凍してしまえばよいが、野菜類がやっかいなようだった。

流しには、皿が溜まっていた。

「あ、俺もすぐに手が空くから手伝いますよ」

前菜を皿に盛りながら、大場が言ってくれたが、香津子がパスタを茹《ゆ》でる大鍋から顔を上げ、鋭い目で大場を見た。

「ホールはだいたい片付いたから、若菜ちゃんだけで大丈夫よ」

あきらは、明るく言うと、ゴム手袋をはめた。今日は、一枚たりとも割らないようにしよう。形が繊細なワイングラスは、それなりに注意して洗う。つい気を抜いてしまう皿が要注意だ。

前菜を若菜が運んでいくと、香津子がパスタのソースを準備し始めた。バターのいい香りが漂ってくる。あきらの食欲が刺激された。今夜の夜食は、何を食べようか……。一日中、西洋料理を目にしていると、たらこのお茶漬けなんかが食べたくなる。たらこの買い置きはあったはずだ。軽く表面をあぶって、厚めにスライスしてご飯に載せよう。わさびはチューブ入りしかないが、この際、よしとする。

しばらくすると、若菜が皿を下げに来た。替わりに湯気の立っているパスタを運んでいった。このあたりのタイミングの測り方は、さすがだった。

夜食について考えながら皿洗いを続けていると、思いがけず大きな音が、ホールから聞こえてきた。客が皿でも落としたのだろうか。いや、そういう音ではなく、ナイフかフォークを皿に叩きつけるような音だった。低い声が音に続いた。何を言っているのかは分からない。

「俺、見てきましょうか？」

大場が腰を伸ばしかけたとき、若菜が小走りに駆け込んできた。顔色が悪い。そして、泣きそうだ。若菜は、まっすぐ高橋の前に行くと訴えた。

「お客さんが、シェフを呼べって言ってます。パスタが気に入らないって」

高橋がペンを置いた。喉仏が大きく動いた。それ以上に、香津子の表情の変化が激しかった。まるで、張り手でも食らわされたように、頬を押さえている。パスタは、香津子の担当だ。

高橋が問いかけるようなまなざしを香津子に向けた。香津子は顔をこわばらせながらも、はっきりとした口調で言った。

「私は、言われたようにちゃんと作りました」

「後で聞く。とりあえず客に話を聞いてくるから」

高橋はそう言うと、若菜を見た。

「若菜は、もう一組のお客さんの会計をしてあげてくれ。気まずい思いをしているだろうからね」

若菜は、はじかれたように厨房を飛び出した。あきらは、ゴム手袋をはずした。何もできない自分がもどかしい。

高橋は、意を決したように、表情を引き締めると、大またで厨房を出た。そのとき、昼間、香津子に聞いた話を思い出した。もしかして、あの男は香津子が調査員かもしれないと言っていた男と同一人物ではないだろうか。

確かめようとしたが、香津子は、放心したように調理台に手をついていた。全身から、見えない粒子が放出されているようだ。それは彼女の周囲をバリアーのように覆い、あきらや大場を近づけまいとしていた。

同一人物ということはないか。香津子は、サラリーマン風の男だと言っていた。あの客は、スーツを着たって、サラリーマンには見えない。

大場があきらの腕をつついた。いつの間にかコック帽を脱いでいた。茶髪がつんつんと頭の上に立っている。

「ちょっと様子を見に行きませんか？　廊下からホールの様子が分かるでしょ」

「いや、でも……」

大場が声を潜めて、顎《あご》をしゃくった。

「あの人と同じ部屋にいたくないっていうか」

確かに、香津子を一人にしたほうが、よさそうな雰囲気ではあった。あきらは小さくうなずくと、ゴム手袋を流しの縁にかけ、大場と一緒に廊下に出た。キャッシャーが鳴る音と同時に、ドアが開く音が聞こえた。残っていたカップルが帰っていったようだ。緊張を覚えながら、ホールの入り口近くまで進む。

「これがレストランとうたっている店の料理か？　信じられんよ」

男の声がはっきりと聞き取れた。

「まず、茹で方がなってない。これじゃあ、一昔前の喫茶店のナポリタンだ。欧風料理とか看板が出ていたが、喫茶って書き直せよ」

高橋の声は低くて聞き取れなかったが、ひたすら頭を下げているはずだ。あきらの胸が痛んだ。高橋のそういう姿を見たくなかった。昔、あんなに好きだった人が、理不尽な目にあっているのを見たら、取り乱しそうで怖い。そんなふうにはならないだろうか。自分でもよく分からない。そんなあきらの胸の内も知らず、大場が能天気な声を出した。

「言われちゃってるなあ。まあ、でも、香津子さんは、言われてもしようがないから」

「どういう意味？」

あきらが尋《たず》ねると、大場は鼻の上に皺を寄せた。

「あの人、段取りが悪すぎなんですよ。調理師学校で首席だったとかよく自慢しているけど、全然ダメ。パスタだって、どうせ茹ですぎでしょ。ソースと絡めるときに、余熱で微妙に火が入るところまで計算できないから、そういうことになるんだ」

「前からこういうことがあったの？」

「ええ。小埜さんは、自分の仕事をしながら、香津子さんに細かく指示を出してたから、大問題になることは少なかったけど。今は、人手が足りないから、高橋さんもそこまで面倒見切れないんでしょうね」

香津子が前の店を辞めて、ここに移ってきたのも、そういう事情があるのだろうか。

そのとき、若菜がホールから戻ってきた。

「ああ、あきらさん……。どうしよう。かなりまずい雰囲気です。あの人は素人じゃないと思うんです」

あきらは、思わず息を飲んだ。

「や、やくざってこと？　難癖つけて、ウチからお金を取ろうとしているとか」

大場が呆《あき》れたように肩をすくめた。

「そうじゃなくて、同業者ってことっすよ」

若菜がうなずく。

「前菜を食べ終わった後、お皿を持ち上げて、銘柄をチェックしてました」

「なるほどね」

となると、昨日来たという調査員もどきの男たちとは完全に別口だろう。

テーブルを叩くような音が聞こえた。若菜がびくっと体を震わせた。

「だいたい、メニュー自体が馬鹿げている。シラスの和風味のパスタが、なんでこのコースに組み込まれている？　節操がないにもほどがある。まともな料理人が毛色の変わったことをやると、面白い効果が生まれることがあるが、あんたのような二流がそれを真似したって、滑稽なだけだな」

大場が拳を握り締めた。

「野郎、言いたい放題言いやがって」

男はさらに声を荒らげた。

「だから、金は払うって言ってるだろ。それはそれでいいんだ。だが、あんたに土下座をしてもらいたい。まずいものを食わされたんだから、詫《わ》びがあって当然だろう」

怒りで体が震えた。

男が言うように、パスタには問題があったのかもしれない。でも、土下座だなんて常軌を逸している。そんなことを高橋にさせてはいけない。

ようやくみゆきと小埜が、新しいシェフを雇うことにこだわっていた理由が腑《ふ》に落ちた。高橋は料理人としては合格かもしれないが、こういう場面に、からっきし弱いのだ。

あきらは、深呼吸をした。怖いけれど、出て行かなきゃいけない。少なくとも、高橋を一人にはしておけない。男は完全にこの店を舐めている。そんな状況を放置したと、後でみゆきが知ったら何を言われるか分からない。だが、あきらより先に、大場が先に動いた。止める間もなかった。駆け足で、ホールに飛び込んでいく。

「ちょっと待ってよ、大場君！」

あきらは、慌てて大場の後を追った。

大場は、今でこそ、能天気な明るい青年だが、地元岡山では相当なやんちゃをしていたらしい。腕には、喧嘩《けんか》のときにできたという大きな傷があった。

ホールに入ると、帽子を取ってうな垂れている高橋の後姿が目に入った。客の男は、ふんぞり返るように椅子に座っている。隆々とした筋肉が、恐ろしいようなかんじを受ける。

ホールに駆け込んだ大場とあきらを、男はちらっと見たが、すぐに高橋に視線を戻した。そういう男の態度が、大場を一気にヒートアップさせたようだ。大場が怒鳴った。

「あんた、何を言うとるんじゃ！」

見事な巻き舌だ。「ワレ」と呼びかけなかっただけ、まだマシだろうか。高橋が、蒼白《そうはく》な顔で止めに入ろうとしたが、大場は彼の腕を振り切り、男の前に仁王立ちになった。あきらは、手に汗をかきながら、何度も唇を開いては閉じた。男は、不敵な笑みを浮かべながら、大場を見た。

「前菜もいまひとつだったな。それより、レモン水がひどい。あんなものを飲んだら、舌がしびれちまう」

　大場の肩が大きく上に動いた。やばい、と思ったとき、高橋が思いがけないほど素早い動作で、男と大場の間に割って入った。

「お客さん、本当に申し訳ございませんでした。さっきから申し上げているように、お代は結構ですから、お引取り願えませんでしょうか」

　男は、陽《ひ》に焼けた顔を高橋に向けた。

「だから、こっちも何度も言ってるだろ。土下座だ。そうすりゃ、金を払ってとっとと帰るよ」

「それは……」

　高橋が歯を食いしばっている。頬が細かく震えているのが、少し離れた場所からも分かる。

　土下座なんかしちゃ、ダメだ。

　声にならない悲鳴をあきらは上げた。次の瞬間、大場が男の胸倉《むなぐら》をつかんだ。

　冷や汗がどっと噴《ふ》き出した。だが、咄嗟のことで、体が動かない。高橋もその場で固まっている。大場が低く押し殺した声で言った。

「御託《ごたく》はうんざりなんじゃ。そんなに言うなら、ワレが作ってみんかい！」

　大場はそう言うと、男の胸倉から手を離し、男の肩のあたりを押して突き放すと、自分の上半身をずいと男に近づけた。我《われ》に返ったように、高橋が二人の間に割って入り、大場を男から引き剝《は》がした。その顔には、覚悟のようなものが漂っている。男の方を向くと高橋はゆっくりと膝をついた。

まったく、大場はなんということをしてくれたのだ。怒りをこめて大場を見た。当人は、体を斜め前に突き出すようにして、男をにらみつけている。あきらは、うつむいた。高橋が惨《みじ》めな姿をさらすのを、見たくなかった。

だが、意外なことに男が穏やかな声で言った。

「立ちなよ」

あきらが顔を上げると、男が高橋の腕を取っているところだった。

「しかし、この馬鹿が……。お願いします、警察だけは勘弁してください」

高橋はなおも膝をついたままだ。懇願するように男を見上げている。男は、ふっと笑った。

「いいよ、もう。それより、そこの若いのが言ったように、俺に一皿、作らせてくれないか」

「いや、しかし……」

高橋が戸惑うように言う。その隣で、大場が目を白黒させていた。いったい、何がどうなっているのか、自分がそのきっかけを作ったくせに、分かっていないのだろう。

男はポケットに手を突っ込んで、高橋を見下ろしている。この状況を楽しむように、うっすらと微笑んでいた。

「やっぱり、料理人だったんですね、あの人」

いつの間にか、隣に来ていた若菜がささやく。

男は、ポケットから手を出すと、高橋に向かって頭を下げた。

「さっきはちょっと言い過ぎた。申し訳なかったよ。だから、詫びの意味もこめて、一皿作らせてほしい」

高橋はようやく立ち上がったが、迷うようにうつむいている。

「そう堅苦しく考えなさんな。同じ料理人同士、情報交換といきましょうや」

高橋が迷う理由は、想像がついた。この男の目的がさっぱり分からない。もしかすると、さらに難癖をつけようとしているのかもしれない。となると、やはり大家筋か？　いや、それは想像が飛躍しすぎている。

「こっちが頭を下げてやってるのに、受けられないっていうのかよ」

男の言葉に反応し、高橋がゆっくりと顔を上げた。

「分かりました。でも、僕にも作らせてください。今度は、あなたの満足のいく一皿を出してみせますから」

「それで構わない。情報交換だからな」

男は、あっさりとうなずくと、シラスは余っているかと尋ねた。

「では、お互いにシラスを使ったパスタを作るということで。うちのスタッフ全員に試食させますが、構いませんよね」

「ああ、いいだろう。そういえば、まだ名乗っていなかったな。俺はハナイミツオ。フラワーの花に井戸の井。光る男。よろしく頼む」

花井は、そう言うと、白い歯を見せて笑い、大場の肩をなれなれしく叩いた。

「お兄ちゃん、修行中の身だろ？　この世界、口や力じゃなくて、技がモノを言う。よく見ておくんだな」

「えっ、あっ……」

毒気を抜かれてしまったように、大場が茶髪の頭をバリバリと手で掻いた。花井は愉快そうに笑うと、厨房への案内を請うように高橋を見た。

二人の背中を見送りながら、大場が首をひねった。

「あの二人、対決するってことですか？」

「よく分からないけど、とにかく行ってみようよ」

まだ、状況を把握できないように、ぼうっと立っている大場をその場に残すと、あきらは花井の後を追った。どうでもいいけど、広背筋がものすごく発達している。スポーツジムででも鍛えているのだろうか。

厨房に入っていくと、香津子がおびえたような目つきをした。だが、さすが香津子。すぐに気を取り直したように背筋を伸ばし、問いかけるように高橋を見た。

「こちらは花井さん。これから、二人でパスタを作って試食会をやることにした。道具を一そろい、貸してあげてほしい」

「シラス以外の材料は、自由ということにしよう」

花井の言葉に高橋はうなずくと、冷蔵庫の中や調味料、スパイスの類《たぐい》を花井に見せるよう、大場に命じた。

「ご覧のとおり、この厨房にはガス台が二箇所にあります。どちらでも、好きなほうを選んでください」

「それはどうもご親切に」

花井は、にやりと笑うと、冷蔵庫に向かった。

それから約二十分。パスタを茹でる湯気と、香ばしい香りに厨房は包まれた。あきらは、流し台に背中をくっつけるようにして、大場、若菜と並び、二人の料理人を見守った。

香津子は少し離れた場所で、きつい目つきで、二人の手元をにらんでいる。彼女にとって、この状況は辛いものにちがいない。それでも、二階へと逃げないところが、香津子の強さであり、意地だろう。

高橋が作っているのは、具にシラスと長ネギを使ったシンプルなパスタだった。ただし、長ネギの使い方が少々変わっている。皿を運んでいたときそのことに気がついた。パスタの種類は、フェデリーニ。スパゲッティの一種だが、一般的なものより少々細く、繊細な歯ざわりが特徴である。

花井も具に凝る気はなさそうだった。それどころか、野菜すら使う様子がない。冷蔵庫から何を取り出したわけでもなかった。

高橋の周りに静けさが立ち込めているのに対し、花井は熱に包まれているようだった。ニンニクと赤唐辛子をスライスし終えると、花井はすり鉢で何かをすり潰《つぶ》し始めた。ハーブかスパイスだろうか。少し離れたところにいるあきらには、何をすっているのかは分からなかった。

花井の手つきを見ているうちに、不安がよぎった。花井の動きは流暢《りゅうちょう》であり、かつ、ダイナミックだった。存在感が高橋とはまるで違う。ドラマの演技をしているわけではないから、料理しているときの格好なんてどうでもよいはずだが、花井の作業には、見ているものに華を感じさせるものがあった。もし、高橋の作る一品が花井と比べて明らかに劣っていたら、どんな顔をすればいいのだろう。

あきらは、頭を振って不安を振り払った。

高橋にだって、それなりの腕はある。同じプロ同士、そんなに明確な差が出るはずはない。それに、料理は結局、好みの問題だ。料理人が対決するテレビ番組だって、試食する人の票はたいてい割れる。いざとなったら、高橋の肩を持てばいい。

あきらの心配をよそに、高橋はフライパンに静かに火を入れた。

二人ともさすがにプロだった。パスタが茹で上がったちょうどそのとき、ソースも完成した。二人は大場が調理台に出した皿に、盛り付けを始めた。息を詰めて待っていると、ほぼ同時に顔を上げた。体操選手が月面宙返りを決めた後、決めのポーズをとるようなしぐさまで似通っていた。声にならないいくつものため息が、厨房のあちこちで吐き出された。

あきらは調理台のそばに寄り、出来上がったばかりの料理をまずは目で点検した。

高橋の皿は、長ネギの緑がアクセントとなって、見るからに食欲をそそる。ネギの白い部分とシラスをソース全体に混ぜ込んである。ソースは醤油《しょうゆ》で味をつけたため、わずかに茶色がかっている。

花井の皿を見たとき、あきらはほくそ笑んだ。

パスタをソフトクリームのように格好良くねじって盛り付けてあるのはいいとして、色合いが全くダメだ。ソースは若干、灰色がかっている。オリーブオイルで香ばしく揚げたシラスがてっぺんに載っているが、灰色があまりにも目立つ。料理は見た目も大切だ。特に日本人は目で料理を楽しむといわれている民族であり、これではポイントが低い。

大場が、食器棚から小皿とフォークを取ってきた。まめまめしく全員にそれを配る。最初にフォークをとったのは香津子だった。香津子は硬い表情を浮かべながら、高橋の皿に手を伸ばした。自分が作ったものと、高橋が作ったもののどこに違いがあるのか、自分なりに探ろうとしているのかもしれない。

若菜がフォークを持ったまま、小声で尋ねた。

「私たちもいいんですかね」

「若菜ちゃん、フォークを持ってるじゃない」

若菜はちろっと舌を出すと、やや前のめり気味に調理台のそばに寄った。あきらも続いた。

香津子と同様、まずは高橋のパスタから賞味することにした。

細いパスタをフォークで軽くひと巻きした。何本かが刃先から滑り落ちた。ソースが濃度のない薄いものだからかもしれない。左手をフォークの下に添えた。父に見られたら、「いやしい手」といって、はたかれただろう。

口に入れた瞬間、ネギの爽《さわ》やかな風味と、バターの香りが口中に広がった。パスタの茹でぐあいは、絶妙なアルデンテ。ネギの青い部分もしゃっきりと歯ごたえがある。逆にネギの白い部分は、とろとろだ。かろうじて保たれている組織は、舌で軽く触るだけで、溶けていった。それが、和風の出汁と混ざり合うのだから、うまくないわけがない。

大いに満足しながら、それを飲み込んだとき、調理台の向こう側で、花井のパスタを味わっている香津子と大場の様子がおかしいことに気がついた。二人は、なんともいえない複雑な表情を浮かべていた。怒っているようにも見えるが、泣きだしそうにも見える。胸騒ぎを抑《おさ》えながら、高橋のほうを見た。彼はすでに花井のパスタに手をつけているはずだ。

半ば予想していたが、彼は表情をなくしていた。

体を伸ばして、花井の皿を手元に引き寄せた。そのとたんに、あきらは自分の身に起きたことに面食らった。口中に唾《つば》があふれたのだ。香りがするかしないかのうちに、唾があふれるなんて、これまで経験したことがなかった。匂いの粒子のただ一粒も逃したくなかった。鼻毛が生えていることが、わずらわしくなるほどだ。

目を閉じると、香りがいっそう鮮明になった。ニンニクとバター。そして、磯《いそ》の濃厚な香り。大雑把に単純化すると、この三種の香りがブレンドされて、奥行きのあるものとなっているようだ。

舌が鼻に嫉妬《しっと》を始めた。あきらは、パスタをフォークに絡め取った。パスタは、断面が楕円形のリングイネ。ソースは濃度が高く、とろりとしている。再び、濃厚な磯の香りが鼻をついた。

口に入れた瞬間、こってりとしているが、しつこくはない重厚な味が口いっぱいに広がった。パスタを歯で嚙み切ると、ソースのとろみがいっそう引き立った。

しかし、やはりポイントはこの香りだろう。口腔《こうこう》から鼻腔にかけて突き抜けるように広がっている。口だけでなく、鼻を含めた顔の下半分で、料理を味わっているようだ。

「花井さん、素晴らしい一皿でした」

高橋が低い声で言い、ようやくあきらは我に返った。あきらは、口の中のものを飲み込むと、指で唇をぬぐった。大場がコップに注いでくれた水を飲む。

高橋は顔色こそ悪かったものの、気丈に言葉を続けた。

「シラスをすり潰してソースで伸ばしたんですね。シラスのコクが余すことなくパスタに絡み付いていました。勉強させていただきました」

あきらは大場をちらっと見た。今の高橋の姿を見て、強いということがどういうことか、分かってほしいものだと思った。だが、大場は名残惜《なごりお》しそうに、調理台に載っている皿を見つめていた。残っているソースを舐めたくてしようがないといった様子だ。

花井は高橋の態度に拍子抜けしたのか、頭をぼりぼりと掻いた。

「高橋さんのも、うまかったよ」

「いや、私なんて……」

「社交辞令じゃない。うまいと思う。さっきテーブルで食わされたやつは、あんたじゃない誰かが作ったんだろ。そのことは、はっきりと分かったよ」

香津子が奥歯を嚙み締めるように頰を動かした。花井は容赦《ようしゃ》のない目で香津子を見ると、高橋に向き直った。

「だがな、単品ならばという条件がつく」

「えっ、それはどういう？」

「この店は気取らない欧風料理店だ。正統派の料理じゃなくても構わないだろう。だが、前後の料理との相性ってものがある。単品ならうまいが、コースには向かないんだよ。量も多すぎだ」

料理の素人であるあきらには、花井の言うことがどこまで正しいのか、判断はつかないが、高橋は素直に耳を傾けている。

突然、香津子が声をあげた。

「花井さん、せっかくですから、レシピを教えていただけませんか？」

花井は目を細めると、香津子に向かって冷たく言い放った。

「その前に、お嬢さんは、自分のシェフの味を忠実に再現できるようになることだな」

香津子の顔が硬直するのが分かった。

花井は、気に留める様子もなく、高橋に向かって軽く会釈《えしゃく》をした。

「そのうちまた寄らせてもらうよ。この店に興味が湧いた」

そして、くるりと背を向けると厨房から出て行った。

「えっ、あの……」

高橋が手を伸ばしたが、花井は大またで去っていく。高橋が慌てて後を追った。大場もつられるように、後を追っていってしまった。後には女三人が残された。そして、皿洗いの仕事が待っている。

若菜は時計に目をやると、「お先に失礼します」と口の中で言い、厨房を出て行った。すでに十一時近かった。香津子が、のろのろとした動作で、高橋と花井が出しっぱなしにしてあった調味料を片付け始めたので、あきらもゴム手袋に手を伸ばした。スポンジに洗剤をつけたとき、ポケットの中で携帯電話が振動し始めた。

ゴム手袋を脱ぎながら、香津子に聞かせるために「お姉ちゃんからだ」と言った。携帯電話を手に廊下に出る。通話ボタンを押すと、案の定、みゆきの苛立《いらだ》った声が聞こえてきた。

「今、何時？」

「十一時十分前だけど」

「だからっ。十時半までに報告を入れてと言ってあるでしょ。ウチはチビがいるから、夜は早いのよ」

「ごめん。それより今日、ちょっとびっくりすることがあってさ」

あきらは、かいつまんで状況を説明し始めた。話し終える前にみゆきが叫んだ。

「その人を追いかけなさい。すぐに！」

「えっ、なんで？」

「ウチに来てくれるかもしれないでしょ。連絡先を聞いてくるのよ」

「高橋さんが脱帽したぐらいすごい腕なんだから、どこかの有名店のシェフだよ。ウチなんかに来てくれるわけないじゃん」

「今日は土曜日よ。仕事についていたら、そんなところで油を売っているわけがないでしょ。とにかく追いかけてちょうだい」

　電話はそれで切れた。なんでそんなことをしなければならないんだ。そう思ったけれど、みゆきの怒鳴り声を聞くよりは、花井を追いかけたほうがましかもしれない。

　エプロンをはずすと、携帯電話をポケットにしまった。

「お姉ちゃんが、あの人の連絡先を聞いてこいって言うんで、追いかけてきます」

　香津子に声をかけると、店の外に出た。すでに花井の姿はなく、高橋と大場が、メニューを書いた黒板をしまっているところだった。

「花井さん、駅のほうに行きましたか？」

　高橋はうなずくと、首をかしげた。

「忘れ物でもあった？」

　高橋の目を見ると、嫌な気持ちになった。姉が、花井をシェフとして迎えたがっていると、言いたくなかった。高橋も花井の腕を認めた。でも、それとこれとは別の話だろう。

「お姉ちゃんの命令なんです。あの人を追いかけてきます」

あきらは、それだけ言うと、駆け出した。

雨こそ降っていなかったが、夜気《やき》は湿って重かった。目に見えないほど細かな水滴が、肌にびっしりとまとわりつくようだ。三十秒も走らないうちに、汗まみれになった。途中、腕を組んで歩いているカップルとすれ違った。女は男にべったりくっついていた。長い髪の毛が、男の腕にからみついている。

あきらは、思わず顔をしかめた。恋は盲目というが、視覚ばかりか皮膚感覚も鈍らせるのかもしれない。

息が苦しくなってきた。そろそろ花井の姿が目に入ってもいいように思える。

歩調を緩《ゆる》めたとき、十メートルほど先の電柱の陰に、男の姿が見えた。顔を塀に向けている。角刈りの頭に見覚えがあった。

それにしても、何をやっているんだ? 電話をかけているわけではないようだ。

花井との距離があと二メートルほどになった。声をかけようとしたとき、花井が体を軽く上下させた。

あきらの頭が一瞬、白くなった。次の瞬間、脱力した。

あり得ない。今時、立小便なんて。しかも、あと三分も歩けば、駅に着く。酔っ払っているわけでもあるまいし。

花井は、あきらに気がつかず、そのまま駅に向かって歩き始めた。あきらは、彼を呼び止めるべきかどうか、迷った。

状況から考えて、花井は、あきらが立小便を目撃したことに気がつくだろう。気まずすぎる。どんな顔をしたらいいものか。だが、このまま彼を行かせたらみゆきに、怒鳴られる。

「花井さん」

声をかけると、花井は足を止めて振り向いた。あきらの姿を見ると、悪びれる様子もなく白い歯を見せた。

「さっきの店のお姉ちゃんじゃないか。俺に何か用?」

「携帯の番号を教えてもらえませんか?」

花井は、眉を上げた。

「あの店は、ウチの姉が経営しています。さっき、姉に電話をして今日のことを話したら、花井さんの連絡先を聞いてくれって」

花井が思案するように顎のあたりを撫《な》でた。手を洗っていないのに顔を触るなんて。顔が歪むのを止められない。

「お姉さんは、俺をスカウトしたいということか?」

「とりあえず、話をさせてもらいたいとかで」

花井が再び顎を撫でた。

「へえ。素早いんだな、行動が」

見ちゃいられない。花井から視線をはずすと、見事な三日月が視界の隅に入った。やや黄色みを帯びており、チーズのようだ。

ふと気になった。行動が素早いということは、花井は、自分がスカウトされることを予想していたのだろうか。だとしたら、とんだ自信家だ。

「何をぼうっと突っ立ってるんだ。さっさと携帯を出せよ」

言われて携帯を取り出した。花井が口にした番号を打ち込む。登録名を「立ちしょん」にしようかと思ったが、他人に見られたらさすがに恥ずかしいので、「角刈り」にした。

「かけてみなよ」と、花井が顎をしゃくる。通話ボタンを押すと、すぐに、花井のポケットで着メロが鳴った。アンパンマンのマーチだ。なんなんだ、この男は。恥ずかしがる様子もなく、花井は右手を軽く挙《あ》げた。

「使い走り、お疲れさん」

花井の背中を見送りながら気になった。駅に着いたら、あの手を洗うのだろうか。絶対に洗わないだろうなと思った。

男の携帯電話が枕元で鳴った。隣の布団で、妻が寝返りを打つ。急いで通話ボタンを押すと、新社長の明るい声が聞こえてきた。

「UMZのサンプルってどのぐらい残っていましたっけ?」

男は唾を飲み込んだ。とりあえず、布団から這い出し、ふすまを開けてリビングルームに入った。リビングといっても六畳の和室である。手探りで電気をつけ、座布団に胡坐《あぐら》をかいた。

「だいたいのところでいいから、教えてください。たとえば、来週あたりにどのぐらい用意できるのか」

「来週、ですか。それですと……」

男が数値を告げると、新社長は安堵《あんど》したように息をついた。

「あの、ということは……」

「まあ、あまり期待しすぎてもいけないですけどね。専務がリサーチしてくれたターゲットが、うまい具合にいきそうなんです。さっき、専務から報告があって」

新社長の声は、言葉とは裏腹に弾んでいた。

男も胸の高鳴りを覚えたが、すぐに自重した。慎重に事を運ばなければならない。新社長は若い。自分が気を引き締めなければ。

「ええ。期待しすぎてはいけませんね。ただ、来年春には発表だけでもしないと、たいへんなことになるでしょうから、着実に進めるよう、努力します」

「そうですね。では、滞《とどこお》りなく準備を進めてください。あなたの成果に私は期待しています」

新社長はそう言うと、おやすみなさいと言って電話を切った。男は携帯をテーブルに置くと、深いため息を吐いた。

3章　不協音

あきらは、憂鬱な気分で家を出た。お気に入りのゴム長を履いているのが、気分を明るくする唯一の材料だ。ゴム長といっても、薄いブルーで黄色の小花がプリントされている。

れすとらんミヤマのウェイトレスをしている今の自分は、仮の姿だ。いつか、世の中の流行と関係なく、自分が好きなものを置ける店が出せたらいい。そんなことを考えていたら、余計に憂鬱になった。実現不可能なことは、考えるもんじゃない。

お盆明けの三日前から、状況はさらに悪くなっていた。花井がシェフに着任したのだ。

新任シェフがどのようにして店に入ってくるのか、あきらは当然ながらよく知らないが、花井のやり方は、どうにも変わっていた。厨房には、中央に大きな調理台が一つ。そして壁際に小さなものが二つあった。これまでは作業に応じて、場所を融通しあっていたように思う。だが、花井にはそういう気はないようで、壁際の調理台の一つを自分専用と決め、棚を一つ持ち込んだ。調味料の類をずらりと並べ、決して手を触れるなと言い渡したのだ。

「俺は、腕一本で生きている。技を盗まれちゃ、かなわないからな」

それが花井の言い分だった。

料理は教わるものではなく、盗むもの。

父が生きていた頃、そう言っていたが、ここまで徹底すべきものなのかどうか、あきらには分からなかった。だが、高橋は明らかに戸惑っていたし、香津子は不満そうだった。大場にしても、首をかしげていた。

花井の態度にも問題があった。高橋以外の人間には、遠慮なく怒鳴り散らした。若菜は三日間で五度泣いた。条件反射のように涙が出てくるのだという。あきらは、まあ、こんなもんだろうなと思っていたので、たいしてこたえなかった。ただ、わずか半月ばかりでシェフの座を追われた高橋が淡々と働いているのを見ると、胸が痛んだ。

香津子は大場以上に怒鳴られていたが、痛々しいぐらい張り切っていた。花井が作業をしていると、ひそかに横目でちらちらと様子を見ていた。調味料の棚をしげしげと眺めていて、花井に小突《こづ》かれる羽目になっても、笑顔を絶やさなかった。師を見つけたとでも思っているのだろうか。見ていられないとあきらは思う。

「俺の調味料やオイルに手を触れるなよ。使ったら、すぐに分かるんだからな」

こんなことまで言われて、にこやかな笑みを浮かべながら「分かりました」と言うなんて、あきらにはとても考えられない。精神構造がずいぶん違うものだと感心するほかなかった。

　店に着くと、宅配便が配送に来ているところだった。店の前に停《と》めた小型のトラックから配達員が段ボール箱を取り出した。大場がそれを受け取っている。

　妙だなと思った。出入りの八百屋や問屋、牛乳屋などにはファクスで注文を出し、配送してもらうのがこれまでのやり方だった。宅配便でわざわざ何を取り寄せたのだろう。

「おはようございます」

　大場はあきらに向かって明るく声をかけると、さらに明るい声で配達員に「お疲れ様でした」と叫んだ。配達員は軽くクラクションを鳴らすと、車を出した。

　大場は段ボール箱を厨房に運び入れ、中央の調理台に載せると、花井に声をかけた。

「花井さーん、なんか花井さんあての荷物が来てますよ」

「おっ、来たか」

　花井が段ボール箱を開けた。中から取り出したのは、豚の足だった。ああ、これなら見たことがある。食べたことも二、三度はある。スペイン産の生ハムだ。味は好きだが、見るのはあまり得意じゃない。ひづめが、生前の姿を思い起こさせるのだ。

　顔をそむけかけたが、花井がにやっと笑うのが分かったので、あえて正視した。花井は木でできた専用の台に生ハムをセットした。あめ色の艶《つや》を帯びた表面を大場が無遠慮に撫でる。

「うまそうっすね。花井さん、味見をさせてくださいよ」

物怖《ものお》じという言葉は、大場の辞書にはないらしい。

「端《はし》っこをちょっとだけならな」

花井はいつになく気軽にそう言うと、ナイフを取り出し、三枚、肉片を削り取って大場とあきらに一枚ずつくれた。

早速口に入れると、白い脂《あぶら》の部分がさっと溶け、ナッツのような香ばしい味が口の中に広がった。なるほどどんぐり味だった。

「これは当たりだな。ベジョータのヘタなやつよりいい」

「ベジョータってなんっすか?」

大場が尋ねると、花井が説明してくれた。イベリコ豚の生ハムには、豚の育て方、すなわちどんぐり以外の餌をどれだけ与えたかでランクがあるそうだ。最高級はハモン・イベリコ・ベジョータ。二番目がレセボで、店にやってきたのはこれだった。

「ランチから使いますか?」

花井が首を横に振る。

「これはディナー限定だ。値が張るものだから、安っぽい使い方はしたくない」

高橋と香津子が戻ってきた。二人は今朝、大田《おおた》市場に行ってきたはずだ。市場の八百屋から青果を配送してもらっていたが、たまには様子を見に行く必要があった。

「値上がりが厳しいですね。その値段なら中国産に切り替えたほうがいいと言われました」

汗を拭きながら高橋が言った。

「高橋さん、あんたは俺より市場との付き合いが長い。あんたがなんとかしてくれよ。知ってるだろ？　みゆき女史は、コストを抑えろってうるさい。この生ハムで、かなり予算を食っちまったから、他のもので埋め合わせをしなきゃいけない」

「はあ……」

高橋が暗い顔つきでうなずいた。

小埜がいた頃、問屋との交渉は、小埜が一手に引き受けていた。高橋にだって、人脈なんてろくにないはずだ。大丈夫だろうか。それに、だったら生ハムなんか入れなきゃいいと思うのだが。

高橋の様子を窺ったが、口答えという言葉は、高橋の辞書にはないようで、黙ってうつむいていた。代わって香津子が、勢い込んだ。

「私、食材探しをしてみたいです。責任を持ってやらせてもらえませんか？」

花井は、香津子を一瞥《いちべつ》もせずに、手を鳴らした。

「それじゃあ、今日もよろしく。メニューは昨日の夜、伝えたとおりだ。各自が担当の食材をチェックしておくこと」

見事なまでの無視のしかただ。いくらなんでもあんまりだろう。香津子もしばらくは唇を噛んでいた。だが、うな垂れるようなことはなかった。明るい声で「よろしくお願いします」と言った。


ランチはまずまずの入りだった。平日なので、客は主に周辺の小さな会社に勤めている人たちだ。常連客も多い。

ランチは花井の指示により価格を改定した。千三百円のAから八百円のCまで、三段階の設定だ。大盛りにすると百円増しになる。AとCはパスタ、Bは欧風カレーかハヤシライスである。それにミニサラダと飲み物がつく。連日、最も注文が多いのはCだった。花井が来る前は、香津子が作っていたが、今は大場の担当だ。

ランチタイムのオーダーが終わる寸前の一時四十五分、小柄な老人が店に駆け込んできた。常連客の一人で名前は坂田大介《さかただいすけ》。近所にマンションを何棟か所有している裕福な人物だそうだ。前から知っている顔だが、二日前、ディナーにやってきた際、若菜に紹介されて、詳しく知った。

坂田老人は、お絞りで首をせわしなくぬぐいながら、あきらが差し出すメニューを受け取ろうともせずに、「Aをもらおう」と言った。

「一昨日《おととい》の晩、単品でペスカトーレを食っただろ？　あれが忘れられなくてねえ。外の黒板に今日のAがペスカトーレって書いてあったから、来客を早々に切り上げて飛んできたんだ。間に合ってよかった」

「ありがとうございます」

坂田老人は、人の良さそうな笑みを浮かべた。

「横顔、親父さんにそっくりだね。いつか、親父さんのようにうまい料理を食わせてくれよ」

曖昧《あいまい》に笑って厨房に戻った。注文を伝えると、花井がすぐにフライパンに火を入れた。

香津子が、一心不乱にタマネギをむいていた。ディナーの下ごしらえのようだ。大場は、鼻歌を歌いながら、パスタを湯から引き上げている。意外なことに、大場は花井にとって、それなりに使える人間ということのようで、以前より多くの仕事を任されている。

ふと、冷蔵庫をのぞき込んでいる高橋の姿が目に留まった。ランチの時間、高橋は特に仕事がないようだった。飼い殺しという言葉が浮かんだ。もし、高橋がいなくても厨房が回ると、花井が言い出したら、どうなってしまうんだろう。ホールは新しいバイトが決まらず完全に人手不足だが、まさか高橋に手伝えとは言えない。

そのとき、ホールから若菜がやってきた。新たな客が入ったのかと思ったが、そうではないようだ。若菜は、まっすぐにあきらのところに来た。

「ヘンな男の人が来てまして。あきらさんを呼べって言ってます」

「お客さん？」

「ランチを食べるそうなので、お客さんではあるようですけど、とにかくあきらさんをって」

若菜はそう言うと、Aランチをもう一つと花井に声をかけた。

「ねえ、どういう人？」

詳しく知りたかったが、若菜はすでにホールに向かって歩き出していた。

「すみません、お客さんの会計があるんで」

厨房から出るとき、高橋がさりげなく洗い場に寄るのが目に入った。高橋は袖を捲《まく》り上げると、スポンジを手に取り、溜まった皿を洗い始めた。

ホールに戻ると、大きな背中があきらを待っていた。

それで思い出した。紺野寛《こんのひろし》に、店で働くことになった。相談したいことがあるから時間を作ってもらえないかとメールを送っていたのだ。メールに返信もよこさず、直接店に来るとは思わなかった。

「よう、久しぶり」

寛は頬にえくぼを刻みながら言った。あきらは声を潜めた。

「まだ仕事中なんだけど。この後、時間はある？」

「なんだよ。あきらんちの店なのに自由がきかないの？　食いながら話をすればいいじゃんよ。客はあの人しかいないし」

声が大きい。注意しようかと思ったが、たった一人残っていた坂田老人が耳ざとく聞きつけた。

「あきらちゃん、僕なら構わないよ」

「でも、シェフに叱られます」

坂田老人は、声を出して笑うと、レジから戻ってきた若菜に声をかけた。

「若菜ちゃん、シェフに言ってやって。開店以来の常連の坂田が、構わないって言ってるから、あきらちゃんを彼氏と話させてあげなよって」

頰に血が上った。若菜は心得たように目で笑うと、ホールから出て行った。寛を盗み見ると、坂田老人に笑顔で会釈などしている。

厨房から小走りに戻ってきた若菜が言った。

「服を着替えてからにしろって」

寛が、腕組みをしてうなずく。

「さあ、早く行ってこい。お姉さん、あきらにはアイスコーヒーを持ってきてやって。俺が奢るから」

にやにやとしている坂田老人に頭を下げるとあきらはホールを出た。ちょうど厨房からポリバケツを抱えて香津子が出てくるところだった。裏口に、一時的なゴミ置き場がある。ゴミ出しは大場の役目のはずなのに、花井に命じられたのだろうか。

「お疲れ様です」

あきらが言うと、香津子はつんと顎を振り上げた。そのままやり過ごそうと思ったら、香津子から声をかけてきた。

「同情しないでよね。それって見当違いだから」

「はあ?」

「花井さんは、一流だわ。私、絶対、あの人に認めてもらえるようになってみせる。みゆきさんにもそう言っておいて」

あきらは言葉に詰まった。泣き言や文句を言ってくれたほうが、まだいい。どんな表情を浮かべればいいかさえ分からない。

香津子は無言のあきらに腹を立てたように舌を鳴らすと、バケツを抱えてよろめきながら裏口から出て行った。

嫌な気分が胸に広がった。胃が痛くなりそうだ。何もかもがねじれている。今更遅いけれど、花井を店に入れたみゆきの判断は間違っていたのではないか。

着替えてホールに戻ると、寛のテーブルにペスカトーレが運ばれてくるところだった。

坂田老人はコーヒーを飲み終え、伝票を手に取り立ち上がった。若菜がレジは任せろというように目で合図してきたので、あきらは寛の正面の席に着いた。

「うん、なかなかいい貝を使っている」

寛がムール貝の身を殻からはずしながら言った。

「この値段で本物は無理だろうけど、これなら上出来だ」

日本で容易に手に入るムール貝は、厳密に言うと地中海に生息するムール貝とは品種が異なる。でも、これだってムール貝だ。父がそう言っていた。

「ソースも合格」

寛が言った。

褒《ほ》められているのに、嬉しくなかった。父は、料理評論家、ライターなど、料理業界周辺で働く人たちを嫌っていた。蘊蓄《うんちく》を語り、料理に点数をつけるなんて、くだらないと言っていた。

父が生きていたら怒られるだろうなあ、と思いながら、あきらは寛に頭を下げた。

「機会があったら、うちの店の紹介記事、書いてくれないかな」

ペスカトーレの具材をチェックするように皿をかき回していた寛が、意外そうな顔をした。それがあきらの気持ちを傷つけた。やっぱり、言わなきゃよかった。

「何度か通ってうまかったら、考えてみるよ」

さりげなく言う寛に、心の中で手を合わせた。友達だからといって、うまくもないものをうまいと書くのは、その記事を読む人たちに対する裏切りだと思う。そんなことを、友達にさせたくない。潔癖すぎるとみゆきに鼻で笑われるだろうけど、それがあきらの気持ちだった。

寛が舌先でソースを確かめるようにしながら目を細めた。

「これ、面白い味だな。お世辞じゃなくてさ。味そのものは、特段、変わってもいないんだが……」

寛は鼻をうごめかせるようにした。

「シェフの花井さんが作ったの。花井光男って人なんだけど」

「ふーん、前にどこにいた人？」

あきらは周囲を見回した。ホールに客はいない。若菜も奥に引っ込んでいる。厨房からは、片付けものをする音が低く響いていた。

実は、ここからがもう一つの本題だった。あきらは声を潜めた。

「よく分からないのよ。うちに食事に来て、その縁で雇うことになったんだけど、彼、自分の経歴を明かしたくないって言い張ってさ。ウチのお姉ちゃんが、前のシェフを通じて調べてはみたんだけど、分からなかったから、紺野君に聞いてみろって」

「この味はかなりのものだよ。町の小さな食堂とかチェーン店とかにいた人とは思えない。だとすると、横のつながりがあるんじゃないかと思うけど」

　あきらが首を横に振ると、寛が呆れたようにため息を吐いた。

「でも、よくそれで雇う気になったな。どんな店で修行をしてきたのかって、基本情報だろ」

「そんなことを私に言われても。私はただのウェイトレスだし」

「そうか。まあ、調べてみるよ。それより、あきらは厨房に入らないの？　高校を出る前はそんなことを言ってたじゃん」

　あきらはうつむいた。アイスコーヒーを飲むのを忘れていた。氷が溶け、上のほうが薄くなっている。ストローでかき混ぜて均一にしたが、飲んでみると薄くてまずかった。

「悟っちゃったのよ、向いていないって」

　明るい声で言った。まるで、香津子みたいだ。

　幸いなことに、寛はそれ以上、突っ込むこともなく、紙ナプキンで口元をぬぐった。

「そういえば、今度、麻布の一軒屋レストランで、リニューアルを記念したマスコミ向けのイベントがあるんだ。俺、招待状を持っているから、付き合わない？　そこでいろんな人に聞いてみればいいじゃない。勉強にもなるでしょ」

　寛はそう言うと、ちょっと詳しい人間なら誰もが知っている有名店の名を挙げた。あまり気は進まない。第一、そんな店に着ていく服がない。でも、話の流れから考えて、断るのもおかしいだろう。

「分かった」と言うと、寛は待ち合わせ場所と時間をメールで送ると言って、伝票をつかんだ。

「お世辞抜きで面白い味だった。今度、ディナーにも来てみるよ」

「あ、今日の会計はいい。私がお願いして来てもらったわけだから」

「いいよ。領収証取るから」

そう言うと、寛は真面目な表情を浮かべた。

「調べものについては、友達だからできるだけ協力する。でも、記事については仕事だから、要望に添えるかどうか分からない」

「それでいい。ぜんぜんいいよ。むしろ、お願いするほうが筋違いっていうか、ごめんね」

寛はふわっと笑った。

「そう遠慮するなよ。変わってないな、そういうところ。あきらって、気ままにやってるように見えるけど、意外と気が小さいんだよな」

寛の言うとおりかもしれない。店から逃げ出そうと思えば、逃げ出せるはずなのに、ずるずると深みにはまっている。でも、この情況ではやっぱり逃げることはできない。

寛は、あきらの肩を軽く叩くと、上着を手に取った。

その夜も、常連客が多かった。しかも、なんと坂田老人がまたいる。あきらは少々、面食らった。坂田は面映《おもは》ゆそうにあきらを見ると、連れの老婦人をあきらに紹介した。

「茶のみ友達の中川《なかがわ》サチコさん。是非、ペスカトーレを食わせたくてね」

ブラウスのボタンを襟元まできっちり留め、白髪をわずかにラベンダー色に染めている老婦人は、あきらと目を合わせようとしなかった。

「私は来たくなかったんだけど」

口の中でぼそぼそとつぶやく。

困っていると、坂田がメニューを取り上げた。

「イベリコの生ハムを入れたのか。やるねえ、新シェフは。せっかくだから、前菜にはそれをもらおう。パスタはペスカトーレ。メインは……。ほう、子羊のサルティンボッカがあるな。これにするか、二人前。サチコさんもきっと気に入るよ」

「かしこまりました」と頭を下げかけたとき、坂田老人が慌てて顔を上げた。

「申し訳ない。サルティンボッカは、取り止めだ。牛フィレのグリルにする」

「えっ?」

サルティンボッカも今夜、初めてお目見えするメニューだった。どんな料理なのかはよく知らないが。

坂田が背筋を伸ばした。

「あきらちゃん、勉強不足だな。サルティンボッカは、淡白な肉に生ハムを重ねて小麦粉の衣をつけてオリーブオイルでソテーしたものだ。前菜と生ハムがかぶってしまう」

そうだったのか。顔が赤くなるのが分かった。花井も一言、言ってくれればいいものを。中川サチコは、一言も発さずに、テーブルに載せた自分の手を見ていた。目の焦点がきちんと合っていないかんじがするのが気になった。

「じゃあ、よろしく頼むよ」

その場に不釣合いな明るい声で坂田が言った。坂田に不手際をわびると、あきらは注文票を手に厨房へ向かった。

ホールに戻ると、ちょうど新たな客が入ってくるところだった。

「いらっしゃいませ」と言いながら、あきらは目を見張った。紺野寛が、面映ゆそうな表情を浮かべて立っていたのだ。

花井について、早速、何か分かったのだろうか。

席に案内すると、寛が言い訳をするように言った。

「調べもののほうは、進展なし。取材に来たんだ。もちろん、金は払うけど」

「分かりました」と小声で言い、メニューを渡す。

寛は、メニューをろくに見ようとせずに言った。

「ペスカトーレだけでいい。あと、ワインを。ペスカトーレに合うものを一本、持ってきてくれ」

　またペスカトーレか。寛も、昼間、食べていたはずだ。昼夜連続で二人も食べにくるとは、いったいどんな味なのか興味がわいた。そんなあきらの表情を読み取ったのか、寛が言った。

「ほら、取材だから」

「ああ、なるほどね。ワインはシェフと相談します」

　寛の注文を伝え、伝票の控えを所定の位置に貼ると、大場がぼやいた。

「ちぇっ、またペスカトーレか。俺、今日作るトマトパスタ、自信あるんだけどなあ。生ハムをスライスするばっかりじゃ飽きちまうよ」

「無駄口を叩くな」

　花井の怒声が飛び、大場が首をすくめた。だが、その間も大場の手は、実によく動いた。イベリコの塊《かたまり》から、紅《べに》色の肉を薄く削り取り、くるりと巻いて、花びらのように皿に並べていく。

　香津子は、必死の面持ちで、付け合わせの野菜を皿に盛っていた。美しく、芸術的に。そんな彼女の心の叫びが聞こえてくるようだ。

　花井が冷蔵庫からイカやアサリを一人分ごとに分けて詰めたタッパーを取り出した。ペスカトーレはランチに引き続き、花井が作っているようだ。ペスカトーレは、見た目が豪華なわりには、シンプルな料理だ。ニンニクと赤唐辛子の香りをオリーブオイルに移し、アサリを白ワインで蒸しあげる。そこにトマトを加え、煮詰めていく。スパゲッティが茹で上がるタイミングを見計らい、イカやエビといった具材を入れて火を通せば完成だ。

とはいえ、定番メニューであり、メインでもなく、シェフの花井がわざわざ作らなくてもいいような気がした。高橋はと思ってみると、サルティンボッカに使う子羊の肉を包丁で叩き始めた。サルティンボッカは、花井がミヤマに来てから導入されたメニューだが、高橋が担当しているらしい。

首をかしげたくなる仕事の割り振りだったが、花井には花井の考えがあるのだろう。それよりワイン。ペスカトーレに合うワインって、何だろう。

魚介だから、白がいいのだろうか。でも、トマトソースだから赤なのか？　そんなことすら分からない。

忙しく走り回っている若菜に尋ねるわけにもいかないので、高橋の背中に声をかけた。

「あの、お客さんが、ペスカトーレに合うワインをって」

高橋が口を開く前に、花井が言った。

「俺が仕入れたヤツがある。スペインの白。一本二千八百円。クーラーの一番下の段に三本入っているからすぐに分かる」

「ありがとうございます」

寛にワインを持っていくと、ラベルを見て「ほう」というように唇を丸めた。

そのとき、新たな客がやってきた。やれやれ。今夜は相当忙しくなりそうだ。だが、入ってきた客を見た瞬間、あきらは思わず声をあげていた。今時流行《はや》らないワンレングスに、目の周りを黒く縁《ふち》取る化粧。この女性客の顔にも見覚えがあった。昼間、仕事仲間らしい女性と二人で来ていたはずだ。

女は、あきらの視線に気がついたのか、怯《ひる》んだように顎を引いた。そして、小さな声で言った。

「ペスカトーレください」

いったいどういうことだろう。

坂田老人の場合は、ガールフレンドに食べさせたかった。寛は取材だ。でも、この女性客については、ペスカトーレを日に二度食べる理由が思いつかない。運んでいる限り、特別なものとは思えないのだが。でも、そういえば、昼間、寛が言っていた。面白い味がする、と。

「あの……」

女性客が上目遣いで見ているのに気がついて、あきらは慌てて営業用の笑顔を作った。

今は、余計なことを考えている暇はない。

寛は結局、閉店まで粘った。ペスカトーレを食べた後、ホタテのポワレと生ハムを注文し、ワインを飲みきった。どんな胃袋をしているのだろうかと思う。

他の客がいなくなると、寛が手招きをした。酔いのせいか、すこしトロンとした目をして言った。

「この後、時間ある？」

「いや、片付けとかあるし」

「シェフの話を聞きたいんだ」

「えっ、ということは、記事を書いてくれるってこと？」

「ペスカトーレ、面白い味だと思う。まあ、あきらとの付き合いも長いし」

それは気にしなくていい、と言いたかった。むしろ、なんだか言い訳をしているみたいだ。

「それにさ……」

寛は周囲を気にするように声を潜めた。

「昼間、何人かに聞いてみたけど、彼のことを知っている人はいなかった。引き続き聞いてみるけど、何かヒントがあったほうが、調べやすいと思う。取材と調査を一気にやってしまおうってわけさ」

「ああ、なるほど、それはナイス」

寛は、得意そうに顔をほころばせたが、そんな自分を戒めるように軽く咳払いをすると、名刺を取り出し、あきらに渡した。

「今日は、挨拶をするだけで十分だ。名刺には俺が記事を書いている媒体が入ってる。そこそこ知られてる雑誌だから、これを見せてみて。その間に俺、とりあえず会計を済ませちまうから」

寛に感謝しながら厨房に戻ると、すでに後片付けが始まっていた。

香津子が、まるで焦げ付いた鍋を洗うような手つきで、皿を洗っていた。目が真っ赤だった。

何かあって怒られたのだなとすぐに分かった。さっき、皿を下げに来たときも、盛り付け方が不器用だとネチネチ嫌味を言われていた。

泣き出してしまったらどうしよう。あきらが気を揉んでいると、花井がまるで追い討ちをかけるように言った。

「お嬢さん、親の敵《かたき》でも取る気かね」

その瞬間、香津子は動きを止めた。流しの端に手をつくと、背中を震わせ始めた。

ついに来た。

たまらない気分だった。香津子に非があるのかもしれないけど、あんなに頑張っているのに。もちろん、頑張ればいいというものではないだろう。でも、あきらには頑張る自信すらない。頑張る気があるだけ、香津子は偉いと思うのだが……。それに、指導するにしても、言い方というものがあるはずだ。怒鳴り散らしたり、嫌味を言ったって、やる気を失わせるだけのように思える。ふと見ると、高橋も、気遣うような視線を香津子に向けていた。やはり、まともな人間が考えることは同じなのだ。

香津子がふいに背筋を伸ばした。

「申し訳ありませんでした。以後、気をつけます」

張り詰めていた空気が一気に緩んだ。大場でさえ、そっと息を吐いている。

「花井さん」

あきらが声をかけると、花井は、濃い眉を少し動かした。

「グルメライターの人が来てるんです。この店を紹介したいから、花井さんの話を聞きたいって。今日はとりあえず挨拶をさせてほしいって言ってます」

寛の名刺を花井の前に置いた。大場がひゅっと口笛を吹く。

「すげえなあ。ウチの店、雑誌に載るんっすか？　田舎の友達に知らせなきゃ」

高橋が問いかけるようなまなざしを投げかけてきた。父の代から取材を断ってきた経緯を高橋は知っている。あきらは、高橋を安心させるためにも言った。

「お姉ちゃんが、ウチも雑誌に紹介してもらいたいって言ってたし。花井さん、今日は挨拶だけでいいんで、お願いできませんか？」

花井は、寛の名刺を手に取った。大きな目を細めて、表にも裏にも、くまなく視線を走らせる。書いてある雑誌の一つは、あきらも知っていた。前にいた会社で、グルメでもない社員の女の人が読んでいた。つまり、そのぐらい広く読まれている雑誌ということだ。

花井にとっても、悪い話ではないだろう。自分の腕が評価されるのは、料理人だったら、喜ばしいことに違いない。それとも花井のことだ。照れ隠しに、渋ってみせるのだろうか。

突然、名刺があきらの胸のあたりをめがけて飛んできた。声をあげる間もなかった。それは、あきらに届く前に失速し、くるくると舞いながら、リノリウム張りの床に落ちた。

大場が大きく両目を見開いた。高橋と香津子は、何が起きたのかに気がつかないようだ。

「な、何をするんですか？」

花井は薄く笑った。

「興味ないね、そんなもの。お断りだ」

あきらの頭から胸にかけて、熱いものが流れた。それは、胸から胃のあたりをぐるぐると駆け巡った。何かが気に入らなかったにしても、このやり方はないだろう。

その場にしゃがむと、床に落ちた名刺を摘《つま》み上げた。縁の部分が茶色く汚れていた。しゃがんだまま、花井をねめつける。あきらの視線を払いのけるように、花井は低い声で言った。

「取材と称して素人に偉そうな口を叩かれるのは嫌いなんだよ」

「でも、うちの姉が」

「宣伝になると思っているとしたら、浅はかだな。雑誌なんぞ見て来るのは、味がろくに分からないくだらない客ばっかりに決まっている。それじゃあ、意味がないだろう。みゆき女史にはそう言っておいてくれ。なんなら、俺が説明する」

言い返さなきゃならない。そうは思っても、花井の大きな目に見据えられると、声がうまく出てこなかった。

それにしても、なんてきつい目つきだろう。この目つきは、前にも見たことがある。客としてこの店を訪れ、香津子が作ったパスタに難癖をつけたとき、この人はこういう目をしていた。

「取材を受けない店なんていくらでもあるだろ。そいつを追っ払ってくれ。ホール係の務めだ」

花井は、そう言うと、視線を調理台に戻した。大場が、「困りましたね」というように、目配せをしてきた。

自分が寛の名刺を指で強く挟みすぎていることに気がついた。水に濡れてしまったそれは、無残に折れ曲がっている。棚からペーパータオルを取ると、汚れてしまった名刺を拭き、できるだけぴんと伸ばした。拭いても茶色っぽいしみは綺麗には取れなかったが、少しはましになった。それを丁寧にエプロンのポケットにしまった。

「分かりました。ライターの人には帰ってもらいます。そして、姉には言われたとおりに伝えます。雑誌に記事が出れば流行るなんて浅はかなことを考えるな。そう伝えればいいわけですね」

精一杯の抗議だったが、花井には通用しなかった。

「それで結構」

顔も上げずにつぶやくと、ペンを紙に走らせ始めた。

ホールに戻ると、寛がクレジットカードを財布にしまっているところだった。

「どうだった？」

あきらは、首を横に振った。エプロンのポケットを押さえる。この名刺は、寛の目に触れさせちゃいけない。

「ごめん。花井さん、取材は受けたくないんだって」

寛が細い目を見開き信じられないというように、鼻に皺を寄せた。

「金を払ってでも掲載してほしいという人が多いんだけどな」

「本当にごめんね。私から記事にしてってお願いしたのに……」

何度も頭を下げると、ようやく寛が笑顔を見せた。

「あきらが気にすることじゃないよ。それに、シェフの許可なんかなくたって記事は書ける。写真がつかないコラムもあるし、身分を明かさずに取材に行くなんてよくあることさ」

「そういうものなの?」

「それに、経営者であるお姉さんは、了解しているわけだろ?」

それはそうだ。あきらは、ちょっと安心した。と同時に、花井に対して意地悪な気持ちになった。すべてが自分の思いどおりにいくと思ったら、大間違いだ。

寛の大きな体が頼もしく思えてきた。

「じゃあ、よろしくお願いします」

「うん。頼まれたからってわけじゃなく、俺、本当にここのペスカトーレが気に入ったんだ。絶品だね。いや、絶品っていうと、ちょっと違うのかな。なんかこう、満たされた気持ちになるというか……。本当は、グルメライターが、こういう表現をしちゃダメなんだけど」

寛は、今しがた口にしたその味を思い出すように、舌を鳴らした。

店先まで寛を見送ると、あきらは首を傾けて肩をじっくり揉んだ。今日も一日、よく働いた。外の空気に触れるのは、何時間ぶりだろう。湿気がひどいので、外の空気が嬉しいわけではないのだけれど。

遠くで雷が鳴っている。低く不気味な音だった。空は真っ黒。月影もない。夜半にかけて一雨くるのだろう。洗濯物は干していないし、どうせなら、さっさと降ってくればいい。それもできるだけ激しく。

　さっき、花井に対して覚えた不快感を洗い流したかった。不愉快な人と同じ屋根の下で働くのは、あきらにとって拷問に等しい。

　気ままだけど、気が小さいと寛に言われた。でも、ここは遠慮しちゃいけない。約束の三ケ月が終わったら、なんと言われようと辞めてやる。

　それに、花井のことばかりではなかった。高橋と顔を合わせるのが正直辛かった。まだ好きだとか、そういう問題じゃない。高橋を見ていると、昔好きだったタレントの落ちぶれた姿を見るような気持ちになるのだ。

　苦い感情がこみ上げてきた。

　高校を卒業したら店で働くつもりだった。高橋のことが好きだったし、高橋も自分のことを好いていると思い込んでいた。今考えると、手もつないでいないのに、ヘンな話だ。でも、一緒に映画を見たり、食事に行ったりということはあった。

　当時、父が存命だったから、店主の娘である自分に対し、直接的な行動には出にくいのだと思っていた。店に入ってしまえば、一緒に働くうちに、自然と距離は近くなるだろう。それに、当時すでにみゆきが結婚して家を出てしまっていたから、跡取りはあきらというのが暗黙の了解だった。はじめは父を手伝いながら、そのうちいつか、二人で店を継ぐと思って心をときめかしていた。

だから、突然、高橋が婚約者だと言って今の妻を連れてきたとき、衝撃を受けた。高橋より二つ年上の綺麗な人だった。「デートに使える店や映画を教えてくれてありがとう」と感謝されたときには、情けなくて一晩泣いた。

店の存続に必死になっているみゆきや小埜、そして高橋には悪いと思ったが、そこで働く気にはなれなかった。

誰が悪いわけでもないと思う。自分の中で、決着はついている。でも、高橋とずっと一緒に働く気にはなれない。

それに、久しぶりに高橋の近くで働いて、分かったことがある。学生だったあの頃、高橋は理想的な人に見えた。穏やかで、凛《りん》としていて、誠実で。でも、いろんな職場でいろんな人を見てきた今、考えは変わった。高橋のような人が幸せになれるとは限らないのが世の中だ。憎たらしいが、花井のほうが、仕事人として明らかに上に思えた。

そのとき、私服に着替えた若菜が店から出てきた。

「あ、あきらさん、何やってるんですか？」

「あ、いや、別に」

「じゃあ、お先に失礼します」

にこやかに言うと、若菜は弾むような足取りで、駅のほうに向かって歩いていった。若菜のような娘も、仕事人として、あきらより上かもしれない。うじうじと考え込むことがなく、いろんなことを割り切っている。北海道の人ってそんなふうだっけ。

あきらは、すでに明かりを落とした看板を見上げた。雨はまだかと空を見たが、雨粒は落ちてこない。

電話が鳴った。どうせ、みゆきに決まっている。今日、起きたことをどう説明すればいいのか。考えるだけでもうんざりしてきた。


男は、電話の向こうにいる相手に向かって、怒りをぶちまけた。

「どうしてそんなことになるんですか？　あれほど、言ったのに。この計画が、目立つのは私たちとしては困るんです。しかし、まあ、この程度なら、何とか大丈夫でしょう。上司もそう言っていました。今後は気をつけてください」

そう言って電話を切ろうとした男を、相手が強く引きとめた。

「まだ何かあるっていうんですか？」

うんざりしながら言うと、相手は、ぽつりぽつりと話を始めた。

「この間、その問題については、対応策を話し合ったでしょうが。まだ、モタモタしているんですか？」

男は、相手のあることだから限界がある、無理だと何度も繰り返した。

男の気持ちも分からないではなかった。自分が男の立場だったら、同じことを言うかもしれない。

だが、UMZの発売による業績回復は、会社の悲願である。八十人の同僚たちのことを思うと、石ころに躓《つまず》くわけにはいかない。そう。石ころのようなものだ。排除すればいいだけではないか。

自分勝手な理屈だという考えを頭から追い払うと、男は思考を開始した。

さて、石ころを排除するには、どうすればいいのか。まともに考えては、アイデアは浮かばない。自分のような四角い人間では……。

たとえば、専務だったらどうするだろうか？　そう考えたとき、一つのアイデアが男の頭に浮かんだ。それは、自分でも顔をしかめたくなるようなものだったが、試してみる価値は十分にありそうだ。

「分かりました。近いうちに、そちらに伺います。私たちで、なんとかします。できると思います」

相手がほっとしたように礼を言った。それが、自分でも信じられないぐらい、腹立たしかった。

だが、電話を切った後、男は自分が少し成長したような気持ちを覚えた。

これでいいのだ、きっと。

守るべきなのは、自分の家族と同僚。他人のことを考えるのは、その後だ。下手な同情は必要ない。優先順位をつけられなければ、守るべき人たちを守れない。それでは意味がない。世の中の人がみんなまともならば、優先順位などつけなくてもよいのだろうが、現実がそうではないことは、二年前に身にしみている。

それに、自分の研究成果が大きなビジネスになるというのは、極めて魅力的だった。

ＵＭＺについて、思いついたとき、周りは馬鹿にした。

人は脂をうまいと感じる。これは、遺伝子に刷りこまれた本能のようなものだ。

カロリーが不足すると、死に至る可能性がある。だから、脂をうまいと感じてしまうのだ。

ねずみに脂を与えると、まるで何かに憑《つ》かれたように、強くそれに執着する。同じ現象を脂でないものにより再現すれば、五味によるうまい、まずいとは関係なく、うまく感じるうえ、習慣性もある。

たゆまぬ努力を続け、ついにそういう物質を合成できたのだ。しかも、それが会社の危機を救える可能性がある。

素晴らしいことではないか。小さいことになんかこだわるな。

男は自分にそう言い聞かせた。

4章　落伍者《らくご》

「花井さん、どうしてなんですか？　ウチの店のことを広く知ってもらえたら、お客さんが増えるでしょ。それのどこがいけないんですか？」

みゆきのヒステリックな声ががらんとしたホールに響き渡った。昼の休憩時間で、客はもちろん、従業員もいない。

「何度も同じことを言わせないでくれ。宣伝なんていう安っぽいことをすると、かえって客離れを招く」

二人の間に、見えない火花が飛び散っている。それが、自分に降りかかってくるような錯覚を覚え、あきらは、上体を引いた。

厨房から冷蔵庫を開け閉めする音が聞こえた。高橋が何やら仕事を片付けているようだ。日常を感じさせてくれる優しい音だ。

「納得できませんっ！」

みゆきが、テーブルを叩いた。一瞬にして、不協和音が頭の中で鳴り響き、日常的な気分は霧散した。

事の発端は、寛が二日前にネットに掲載した、若者向けの情報誌のネット版の記事だった。寛はそこに週に一度の割合で、ライターが個人的にお勧めする店を密かに教えましょう、という主旨のコラムを書いていた。ネットに掲載された時点で、密かにではないと思うのだが。それはともかく、記事はペスカトーレを取り上げていた。

「平凡かと思いきや、病みつきになる味。一日二度でも食べたくなる。実際、自分は同日に足を運ぶ羽目になり、店員にいぶかしがられた」

あの日のことが、そっくり飾らずに書いてあった。記事を読んだとき、さすがプロは違うと感心した。うまいものを食べ慣れている人間が同じ日に二度足を運んだという事実は、インパクトがある。まるでとろけるような舌触りだとか、その手の使い古された文句より断然魅力的だ。どうせなら坂田ら他の客にもペスカトーレに「はまった」人がいることも書いてほしかったが、それは欲張りすぎというものだろう。

記事が載ることは、花井には黙っていた。言わなければ気がつかないだろうと思ったのだが甘かった。

掲載の翌日、すなわち昨日、ランチに客が押し寄せた。平日、店の前に並ぶ人が現れるなんて、あきらが知る限りこれまで一度もなかった。たまたま昨日もAランチはペスカトーレだった。それは瞬《またた》く間に売り切れた。

花井は、若菜を呼びつけ、客にこの店をどうやって知ったのか聞いて来いと命じた。そして難なく、記事掲載の事実を探り当ててしまった。そしてランチが終わった後、ペスカトーレは当分、メニューからはずすと言い出した。

昼間の調子だと、ディナーにもペスカトーレ目当ての客がやってくる。彼らにどうやって言い訳をすればいいのか。

青ざめながら花井に頭を下げた。勝手なことをして申し訳なかった。でも、客のためにペスカトーレを作ってくれと頼んだ。花井は頑《かたく》なにそれを拒《こば》んだ。みゆきに電話をかけて事情を説明し、説得に当たってもらったが、それでも花井は頑として首を縦に振らなかった。

そうなると、被害を最小限に抑えるしかなかった。あきらは寛に電話をかけ、ネットの記事を削除するよう要請した。寛は当然のことながら、ひどく怒った。彼にだって、面子《メンツ》というものがあるわけで、サイトを運営している出版社にしてもそうであり、そう簡単に記事は削除できないというのだ。

最終的には、「注文が殺到しており、品切れの可能性がある」という断り書きを入れてもらうことで落ち着いた。それと引き換えに、「経営者が雇われシェフに舐められるのはどうかと思う」という痛烈な皮肉をお見舞いされた。

そして今日も、ペスカトーレを目当てに客はやってきた。土曜日だったので、前日以上に人が多かった。ランチはコースしかなく、ペスカトーレを出す日ではなかったので、そう説明したが、簡単には納得してくれなかった。おまけに、記事が掲載される前にペスカトーレを食べた客からも、散々、怒られた。あれを食べに来たのに、どうしてくれるのだ、と詰め寄られた。ディナーで同じことが繰り返されるのは目に見えている。そこで、再びみゆきに花井を説得しに来てもらったというわけだ。

花井は、取り付く島もない様子で言い放った。

「これ以上、話し合っても無駄だ。記事が削除されるか、記事のことを客が忘れるまでは、ペスカトーレを出すつもりはない」

みゆきが、あきらの頬にため息を吐きかけた。生ぬるい空気に、思わず身を引いた。みゆきは、テーブルについた両肘の間に顔を埋めた。

「花井さん、どうしてそんなに目くじらを立てるんですか？　そりゃあ、確かにお客さんがペスカトーレに集中したかもしれないけど、それでウチの味を覚えてもらったら、また来てくれるでしょう」

今度は、花井のため息が正面から飛んできた。

「ペスカトーレにだけこだわっているわけじゃない。宣伝自体が嫌なんだ。だいたいさっきデータを見せただろう。客足は増えているんだから必要ない」

「ウチのキャパなら、まだ客は入るわ。なんだったら、従業員を増やしてもいいのよ」

花井は皮肉っぽく口元を歪めた。

「そういうことなら、まず、人員の入れ替えをしてもらいたい。あのお嬢さんは使いものにならない」

あきらは、二階へ向かう階段のほうへ目をやった。今、ここに香津子が下りてきたらと思うと、胃がきりきりしてくる。

みゆきが花井の言葉を遮った。

「あの子は、これから一所懸命修行しますって言ってたわ。もう少し面倒を見てやってください」

みゆきにしては、ひどく腰が低い。香津子はみゆきが店に連れてきた。花井の意見であってもそう簡単には辞めさせられないのだろう。

花井は、冷ややかな目でみゆきを見た。

「まあ、その件は、今はいい。とにかく、ペスカトーレについて、俺の結論は変わらない。騒ぎが収まるまでは出さない。あと、さっき言っていたポータルサイトへの掲載の件も断固、断る」

みゆきは、悔しそうに唇を噛んだ。頭の中で、計算を巡らせているに違いなかった。これ以上、我を張れば、花井が再び香津子のことを持ち出すのは明らかだった。

花井がふと表情を和《やわ》らげた。

「あんたは話の分からない人じゃないと思う。だから、この際、はっきり言っておく。宣伝が大事だっていうあんたの理屈は間違っちゃいない。でも、短絡的すぎるな」

「わ、私が短絡的ですって？」

「まあ、そうカッカしなさんな。新規の客を増やすのは大事だ、でも、この店についてくれている客だって大事じゃないか」

花井はそう言うと、あきらを見た。

「お嬢ちゃんは、俺の言ってることが分かるな」

「えっ、あの……」

花井は、軽く肩をすくめた。

「毎日のように来るじいさんがいるだろ？　あの人は昨日、ペスカトーレを食えたか？」

はっとした。花井が坂田老人のことを言っているということはすぐに分かった。あきらの顔に浮かんだ表情を確認すると、花井は薄く笑った。

坂田老人は、会社の昼休みが終わる頃を見計らって来店することが多い。店が混雑すると落ち着けないらしい。老人だから食べるのも遅く、他の客への遠慮もあるようだ。昨日も、一時半頃に現れた。そして、ペスカトーレが売り切れだと知り、ひどく残念がっていた。

「姉さんに説明してやれよ」

花井が突き放すように言った。

あきらは坂田老人のことを話した。みゆきは、目を細めて空をにらみながら、静かに話を聞いていた。あきらが話し終えると、花井が腕を組んだ。

「もちろん、新規の客も必要だが、マスコミの情報に踊らされてくる奴は、流行を追うのが好きなだけだ。次の週には別の店へ行くさ。そういう客に店を荒らされると、常連の足が遠のく。ここは、渋谷《しぶや》や新宿《しんじゅく》のような繁華街じゃない。マスコミに露出して客を増やすより、地道にいいものを作っていれば、通ってくれる客が必ず増える。経営者として、そのあたりのことをじっくり考えてみちゃどうかね」

あきらは、少しだけ花井を見直した。

この人もこんなふうに自分の考えを語れるんだ。しかも、言っていることはしごくまっとうに聞こえる。角刈りに、太い眉。不遜《ふそん》な雰囲気は纏《まと》っているけれど、本当は悪い人じゃないのかもしれない。

あきらの視線を感じたのか、花井が居心地悪そうに、体を動かした。

「じゃあ、俺はそろそろ、夜のしたくがあるんで」

みゆきが、威厳《いげん》を取り繕《つくろ》うようにうなずいた。

「分かったわ。今度、ゆっくり時間をとって話し合いましょう」

「客が減ったら、いつでも話し合いますよ」

みゆきの目が、悔しそうに光った。

花井は敬礼のようなしぐさをすると、ポケットに両手を突っ込み、のそりと立ち上がった。

彼の姿が視界から消えるのと同時に、みゆきが、テーブルに突っ伏した。

「まったくなんて頑固な人なんだろ」

「でも、一理あるじゃん」

頑固なのはお互い様だし、という言葉は飲み込んだのだが、みゆきはテーブルに頬をつけたまま、上目遣いでにらんできた。でも、この件については、花井の味方をしたかった。坂田老人のような客の足が遠のくのが、いいことだとは思えない。

みゆきは視線をそらし、低い声で言った。

「常連のことは、分からないでもないわ。でも、そんな悠長なことを言っていられないのよ。例の家賃値上げについて、大家の馬鹿息子から先週も電話がかかってきたの」

「値上げに応じたら、やっていけなくなる？」

「たぶんね。今だって収支トントンってとこだもん。例のミラノキッチンは、大々的に宣伝攻勢をかけてくるっていう話もあるし」

「だったらさあ……。店を畳む気はないの？」

思い切って言ってみた。そうしてほしかった。今のようにガタガタの状態では、早晩店はつぶれる。だが、みゆきは、こめかみを揉むようにすると首を横に振り、いつになく静かな口調で言った。

「あんた、私が自分のためだけに店を続けたがってると思ってるでしょう」

図星《ずぼし》だったが、うなずきにくいところだった。みゆきは、目を細めた。

「やっぱりね。まあ、そう考えるのも無理もないけど、店を続けたいと思うのは、あんたのためでもあるのよ。いつまでたってもふらふらしてるから、見ていて歯がゆくて」

それを聞いたとき、何かが胸の内ではじけた。目元に力が自然にこもった。

「なんでそこで私が出てくるのよ。関係ないじゃん。今だって、お父さんやお姉ちゃんに悪いと思うから、義務だと思って協力しているんだよ。恩着せがましいこと言わないで」

あきらが熱くなるほど、みゆきは冷えていくようだった。口元には余裕のためか笑みまで浮かんでいる。花井と怒鳴りあっていたときのような力強さはないが、その分、凄《すご》みがあった。

みゆきは淡々と続けた。

「あんた、料理が上手いじゃない。子どもの頃、二人でお父さんに習っていたでしょ。あの頃から、お父さんは、私よりあんたに期待していたわ。だから、私が結婚して家を出ると言っても、たいして反対されなかった。むしろ、ほっとしたんじゃないかしらね。これで、あきらを問題なく跡継ぎにできるって。少し悔しかった」

姉がそんなふうに思っていたとは知らなかった。

「味覚とか、手先の器用さっていうのが、遺伝なのかどうかは、私には分からない。でも、お父さんはあんたに自分の料理人としての才能が遺伝したって信じ込んでいたわ。もしかすると、子どもの頃どころか、生まれる前からそう思っていたのかもしれない。あきらっていう名前も、あんたが男の子だと信じてつけたわけだし」

「そんな昔のことを言われても困るよ」

「それもそうね。じゃあ、最近のことを言うわね。今年の正月にあんたが料理を作ったでしょ。あのとき、自分とあんたの差がはっきりと分かった。悔しかったから言わなかったけど、あんたにはセンスがある。それに引き換え、私は、修行して身につけたものさえ、なくしちゃったのよ。その代わり、家族ができたから、自分が不幸だとは思わないけど」

みゆきに気付かれないようにそっと唾を飲んだ。

あのとき、姉が気付いていたとは思わなかった。華やかさがないとか、ケチをつけていたのは、本心からではなかったのか。そのときのみゆきの気持ちを思うと、胸が痛くなった。

みゆきはあきらを励ますように見た。

「あんたなら、これから始めればまだ間に合うと思う。五年、頑張ってみなさいよ。そうしたら、なんとか独り立ちできるはず。とにかく、それまで店を持たせなきゃ」

あきらはテーブルの下で拳を握り締めた。みゆきの言葉に心は揺れていた。でも、こんなふうにも思う。あきらのためと言いながら、結局は、自分のためではないか。みゆきにしてみれば、赤の他人より妹が厨房に入っているほうが、やりやすい。将棋か何かのコマのように動かされる人生なんて真っ平だった。

「お姉ちゃん、前時代的すぎる。まるで明治時代の頑固親父の発想だよ」

皮肉をこめて言うと、みゆきはあっさりうなずいた。

「そうかもしれないね。でも、あんたの腕を見込んでいなかったらこんなことは言わないよ。あんたが何か好きな仕事をやっているか、誰かと結婚を考えていたら、やっぱり言わないと思う。私だって、ごり押しするのは、気分がよくないもの。でも、あんたをこの店に連れてきたとき、私、ようやく分かったよ。高校時代は店を継ぐ気満々だったあんたが、なんで心変わりしたのか」

思わず目をそらした。心臓が鼓動を速めた。平静な表情を保とうとすると、かえって顔が歪んでいく。

「あの頃、私も気持ちに余裕がなくて、あんたの気まぐれだと思って腹を立てるばかりで、悪かったと思っているわ。まあ、子どもっぽいとは思うけどね。でも、いくらなんでも、もう高橋さんのことは……」

「やめて」

あきらは、腹の底からの怒りを目にこめた。

それ以上、みゆきに言わせたくなかった。変な誤解もされたくない。頑なに口をつぐんでいると、みゆきが指でコツコツとテーブルを叩いた。

「まあ、すぐに決められることじゃないわよね。あんたが店を継ぐっていう件は、ペンディングにしておこう。頭が冷えたら、考えてみてちょうだいな。言っておくけど、二十代なんてすぐに終わるわよ。あんたには、キャリアもなけりゃ、甲斐性《かいしょう》のある男の人を見つけてくる才覚もなさそうだし」

ひどい言われようだが、そのとおりだと思ったので、つい笑ってしまった。

「まあ、とにかく、どっちにしても店を畳む気はないし、店を大きくしたいから、頑張るしかないわ」

みゆきは、自分に言い聞かせるように言った。

二階でドアを開け閉めする音が聞こえた。休憩を終えた香津子が、階下へ降りてこようとしているようだ。

「そろそろ行かなくちゃ。チビたちが待ってる」

みゆきは、体に似合わぬ機敏な動作で席を立ち、逃げるように出口に向かった。

階下へと降りてきた香津子は、無表情だったが、背筋はぴんと伸びていた。目が合ったような気がしたので、軽く会釈をしたが、香津子はそのまままっすぐ厨房へ入って行った。

あきらは、自分の手を顔の前にかざしてみた。この手が料理を作りたがっている。みゆきの目には、そういうふうに見えるのだろうか。馬鹿馬鹿しい。見当違いもいいところだ。

だが、みゆきに前に言われたことを思い出した。細かいことには気がつくしこだわるが、大局を見ようとしない。

ふいに足元が揺らぐような感覚を覚えた。高校の頃から自分は多分、あまり変わっていない。高橋が自分のことを好きになってくれなかったという小さなことにこだわり、料理に対する志《こころざし》を見失ったのではないだろうか。それを認める気にはなれない。でも、これもまた、小さなことにこだわる癖のせいだろうか。

案の定、その夜も注文はペスカトーレに集中した。「ペスカトーレをお願いします」と客が言うたびに、身が縮む思いがした。

材料が入荷できないので、当分出せない。花井の指示通り、そう答えた。

「だったら取材なんか受けるんじゃねえよ」

客に吐き捨てるように言われて、胃が痛んだ。「もっともです」と腹の中で答えながら、「申し訳ございません」と頭を垂れた。明日からは、店の前に「ペスカトーレは品切れです」という張り紙を出したほうがいいかもしれない。

廊下で手洗いから戻ってきたらしい大場と出くわした。つい、愚痴をこぼしてしまった。すると、大場は意外なことを言い出した。

「ちょうど、いいんじゃないっすかね」

「どういう意味？」

大場は頬をぽりぽりと搔いた。

「俺、花井さんが見ていない隙《すき》に、フライパンに残ってるソースを味見してみたんですけどね、正直、そんなにうまいとは思わなかったっす」

「大場君の好みに合わないってだけじゃないの？」

「いや、そうじゃなくて、なんていったらいいんだろう。俺、単純だからよく分からないんですけど、うまいかまずいかといったら、あれはまずいです。いや、まずいわけでもなくうまずいってかんじで」

「うまずいって？」

「うまいとまずいの両方ってことです」

大場の言うことはよく分からない。

あきらは、花井のペスカトーレを食べたことはなかった。でも、寛が褒めていたし、取り上げてくれたわけで、まずいということはないと思う。

だが、そういえば寛も「面白い味だ」と言っていた。面白いとうまいは、違うような気もする。そういうことを大場は言いたいのだろうか。

「高橋さんが作ったやつのほうが、俺はうまいと思うんですけどね」

厨房から高橋が大場を呼ぶ声が聞こえた。

「とりあえず、ペスカトーレのことは、しばらく口に出さないほうがいいかもね。雰囲気、悪くなりそうだから」

大場は返事をすると、厨房に足早に消えた。

八時半過ぎに、客が引け始めた。残っているのは四人がけのテーブル席にいる三人連れの女性と、二人がけの席にいる中年のカップル。そして一人の中年男。痩せぎすの体つきに見覚えがあった。記憶をたぐるとすぐに思い出せた。いつか家族で来店した唐沢という客だ。三人連れのほうは、すでに食後のコーヒーを飲んでいる。カップルのほうは、前菜を出し終えたばかりだ。ただ、コースではなく、この後すぐにメインになるので、九時過ぎには帰ってくれそうだ。唐沢はパスタを一皿頼んだ後は水ばかり飲んでいる。

カップルが追加で注文したグラスワインを運びながら、あきらは、ため息を飲み込んだ。

記憶にない顔だった。過去に来店していたらすぐに分かるぐらい、特徴的だった。一言で言うと、違和感のある組み合わせなのだ。

女が敬語を使っていたので、はじめは会社の上司と部下かと思った。それにしては、男が女に対してなれなれしすぎる。男の薬指には指輪がはまっていた。

そして、男のなれなれしさが、いかにもわざとらしかった。いや、わざとらしいというより、無理をしているように見える。本来、妻以外の女性と気軽に食事をするタイプではないのだろう。

あきらが、男の前にグラスを置いたとき、女が喉から搾《しぼ》り出すような声をあげ、フォークを音を立てて置いた。女は、膝に広げていたナプキンを素早く口に押し当てた。

「ど、どうしたの？」

男が身を乗り出す。あきらは、どうすればいいのか分からず、その場で立ち尽くした。

女の皿には、スモークサーモンとブロッコリーのテリーヌが、一口、切り取られた状態で載っている。女はナプキンを口から離すと、顔をしかめたまま「トイレは？」と言った。あきらが、ホールの奥の標識を指差すと、ヒールを鳴らしながら、駆け込んでいった。男がすぐにその後を追う。三人連れが、目を丸くして見ている。若菜が素早く水さしを持って、彼女たちのテーブルに歩み寄った。

女子トイレに駆け込んだ女の後に、止める間もなく、男が続いた。

「お客さん！」

あきらは声をかけたが、今、女子トイレを使用している客はいない。事を荒立てないことだと自分に言い聞かせながら、トイレのドアを開けた。

女が大きな音を立てながら口をゆすいでいた。何度も何度も、水を手ですくって口に運ぶ。男はおろおろと女の背中をさすっていた。女は煩《わずら》わしそうに男を一瞥すると、備え付けのペーパータオルで口元を拭いた。ベージュがかった赤い口紅がべっとりとついたそれをゴミ箱に放り込むと、女は少々釣り気味の目で、あきらを見据えた。

「腐ってたわよ」

男が、目を大きく見開くと、毛深い腕で女の肩を抱いた。

「ひ、ひどい。ユキちゃん、大丈夫?」

口から唾を飛ばしながら言う。ユキと呼ばれた女は、男の腕を振り払うようにしてトイレを出た。

あきらは、男と一緒におろおろと彼女の後を追った。ユキは席に戻ると、椅子の背にかけてあったハンドバッグをつかんで、男に向き直った。

「木崎《きざき》さんが、絶対においしいっていうから、来たのに。最低の店じゃないですか。私、帰るわ」

「ごめん、ごめん。本当にごめん。店を変えよう。すぐに予約するよ。そうだ、新宿のパークハイアットに行こう。あそこなら……」

男が、泣きそうな顔をして女の腕に手をかけた。

女はヒステリックに喚《わめ》いた。そのとき、厨房から花井が出てきた。若菜が呼んでくれたらしい。いつの間にか、三人連れの客の姿は消えていた。唐沢はようやくコーヒーを注文し、ちびちびとすすっていた。

「触らないでよ！」

「私どもの料理に何かございましたでしょうか」

花井が、慇懃《いんぎん》な態度で言うと、男がまくし立てた。

「腐ってたんだよ、そのテリーヌ。この店は、腐ったものを客に出すのか？　えっ？」

声が震えていた。女は、ふてくされたように腕組みをして、床をにらんでいる。指でハンドバッグの表面をトントンと叩いている。

「このテリーヌが、ですか？」

花井は、あくまで落ち着き払っていた。そのとき、あきらはようやく気がついた。今日テリーヌを出したのは、この客が初めてではない。確か、四人には出したはずだ。だけど、苦情は一切、出ていない。

「か、彼女が嘘をついているとでもいうのか？　失礼なっ！」

男がいきり立つ。声が完全に裏返っていた。白い頬が赤く染まっている。まるで、白豚みたいだ。

「私どもの味つけが、お口に合わなかったのかもしれません。申し訳ございませんでした」

花井が頭を下げた。

だが、女が納得する様子はなかった。

「腐ってたわよ、絶対。最低な店ね」

もしかして、狂言じゃないか？　ふとそんな気がした。テリーヌが腐っているとは考えにくい。そして、女は花井ではなく、男のほうを見ていた。男を困らせてやろうというように。

「彼女が言うから、やっぱり、腐っていたんだよ。そんなに疑うんなら、あんた食ってみろよ。あんたが問題ないって言うなら、俺も食う」

男が肩をそびやかした。

花井は、肩をすくめると、「失礼」と言って、テリーヌの皿を取り上げた。それを鼻に近づけた。次の瞬間、花井の形相《ぎょうそう》が一変した。眉を上げ、信じられないというように顔を歪めている。

花井は皿をテーブルに戻すと、大きく頭を下げた。

「申し訳ございませんでした。これは、確かに……」

「そうら、見たことか！」

男が勢い込む。

「新しく料理を作り直させていただけないでしょうか。もちろん、御代は結構でございます」

花井が、まるでコメツキバッタのように頭を下げた。こんな花井の姿を見るのは初めてだ。傲岸《ごうがん》で自信に満ちた男の姿は、今の花井からは想像もできない。

この後、どういう展開になるんだろう。保健所に報告されたら、面倒なことになるんだろうか。たぶん、そうだ。だから、花井はこうやって頭を下げている。あきらも慌てて頭を下げた。

「ユキちゃんは鋭敏な舌の持ち主で、すぐに吐き出したから、よかったよ。もし、飲み込んでいたら、どんなことになったか」

男は大げさに身震いをしてみせた。腹を多少、下すだけじゃないか？　と思ったが、そんなことは口にできない。

「どう始末をつけてくれるんだよ」

粘っこい口調に、むかついてきた。だが、花井は辛抱強く頭を下げ続けた。

「さあ、ユキちゃん、口直しに新宿へ行こう、新宿へ」

男は上機嫌で、ユキの背中に手を回した。ユキは唇をへの字に曲げて、ふてくされていたが、しぶしぶといった表情で、男に従い出口へと向かった。

花井に促《うなが》され、あきらも出口まで行った。そして、もう一度、二人の背中に向かって頭を下げた。

「本当に申し訳ございませんでした」

十秒ほどそうしていただろうか。そろそろいいだろうと思って頭を上げかけたら、花井の叱責《しっせき》が飛んできた。

「ダメだ。ああいう客は、振り返ってチェックしやがるからな」

なるほど。いかにもあの白豚のやりそうなことだ。あきらは、花井が頭を上げるまで、じっと我慢した。唐沢が会計を終えて出てきた。不愉快な思いをさせて申し訳なかったと思い、声をかけようとしたが、唐沢はあきらのほうをちらりとも見ずに、駅へ向かって足早に歩き始めた。

ホールに戻ると、若菜が心配そうな表情を浮かべて待っていた。

「今夜はもう店じまいにする。お前ら、看板の電気を消して、黒板を中に入れてくれ」

花井は、テリーヌの皿を持って、のっそりと厨房へ向かった。あきらは暗い気持ちで若菜とともに、再び店の外に出た。

「テリーヌ、悪くなっていたんですか？」

黒板を運びながら若菜が眉を寄せた。

「あれを作ったのって、香津子さんかな」

若菜がうなずく。

「昨日もあれ、メニューに載ってましたよね。二日目だからヤバかったんでしょうか」

「冷蔵庫に入れてたんでしょ？　火が通ってるわけだし、大丈夫なはずだよ」

「面倒なことにならなきゃいいんですけどね」

ならないわけがないじゃんか。そう言い返す気力もなかった。

「じゃあ、私はこれで上がらせてもらいます」と言いながら、二階へ上がっていく若菜に手を振ると、あきらは厨房に滑《すべ》り込んだ。

中央の調理台の前に出した椅子に、花井は憮然とした表情で腰を下ろしていた。その前で、香津子がうな垂れていた。高橋と大場は冷蔵庫のほうで、何か作業をしている。

あきらは、汚れた皿が積み重なっている流し台の前に行き、ゴム手袋をはめた。何か作業でもしていなければ、こんな現場、まともに見られやしない。

「この時期、食材が傷みやすいのは常識だろうが。そんなことも教わってないのかよ、調理師学校とやらでは」

早速、花井の怒声が耳に飛び込んできた。横目で窺うと、香津子は顔をこわばらせてうつむいていた。それでも彼女は反論を試みた。

「テリーヌは昨日の昼に作って、冷蔵庫で管理していました。あれが最後の一切れでしたけれど、そんなに早く傷むはずが……」

「傷んでいないって、言い張るのかよ。じゃあ、お前、それを食ってみろよ」

花井が顎であきらのほうを差した。テリーヌの皿がここにあるのか？　と思って、周りを見た瞬間、あきらの体が固まった。

流しの脇には、客の食べ残しを捨てるポリバケツがある。そこに、さっきのテリーヌの残骸が他のゴミと一緒にぶち込まれていた。薄紅色の本体がぐずぐずに崩れて、魚の皮やコロッケの切れ端の上に載っている。見ていると、吐き気がしそうだった。

香津子は、歯を食いしばるようにして、うつむいていた。

いくらなんでも、こんなものを食べるわけにはいかないだろう。そんなこと、させちゃいけない。もし、自分がそんなことをされたら、労働基準局かどこかに、パワハラだと言って駆け込んでやる。それにしても、どうしてそこまでヒステリックになるのか。あきらには奇異に思えた。傷んだものを出したというのは大問題ではあるけれど、生ゴミにまみれたものを食べろだなんて、言い過ぎではないだろうか。それとも、自分の食中毒に関する認識が甘すぎるのか。

高橋がたまりかねたように、花井に声をかけた。

「花井さん、和賀には僕がよく言ってきかせます。食材管理の方法を今晩中に今一度、おさらいさせますので、勘弁してやってください」

花井が、首をゆっくりと回して高橋を見た。

「高橋さん、あんたの腕は買ってる。でも、それ以外のことは、あんた、からっきしだな」

　高橋が目を見張る。

「このお嬢さんは、戦力にならない。それどころか、むしろ店にとって害悪だ。かばってやる価値なんてないね」

　花井はそう言うと、顎のあたりをゆっくりと撫でた。

「そうだな、この際、人員配置を換えるか。そのほうが、この店のためだ。今いる人間は自由に使っていいと、みゆき女史も言っている」

　しかし、香津子は大場に替わって下働きをさせられている。さらに格下げはできないはずだ。

　首をかしげていると、いきなり、花井があきらの名を呼んだ。

「お前が、明日から厨房に入れ」

「へっ？　なんっすか、それ」

　声を上げたのは大場だった。

　あきらは声を出すこともできず、手に持っていたグラスを流しに落としてしまった。グラスは派手な音をたてて割れた。シャンパングラスだ。一客千二百円する、この店では最高級のグラス。いや、そんなことを気にしている場合ではなかった。

　花井がみゆきと、何かこのことについて話したのかと疑ったが、そんな機会はなかったはずだ。でも、どうして突然、そんなことを言い出したのか。勘弁してくれと訴えようとしたのに、花井はそれを許さなかった。

「香津子は、若菜と一緒にホールだ。皿を運びながら料理をよく見て勉強するんだな」

あきらは、たまらず、口を開いた。

「料理なんてできません」

「教えてやる。誰だって初めてのことはある」

花井は、憎たらしいほどに落ち着き払って言う。

香津子の背中が細かく震えていた。同情したら、彼女は気を悪くするだろう。でも、こんな状況、まともな感性を持っている人間だったら、誰だって耐えられないはずだ。

「さあ、これでこの件は決まりだ。片付けにかかろう」

突然、香津子が叫んだ。

「もう一度、チャンスをください」

花井が、香津子をじろっと見た。

「チャンス?」

香津子は両手の拳を握り締めたまま、小さくうなずいた。かわいそうなぐらい、頬がこわばっている。

「私、自分の足りなさは自覚してます。花井さんのことも尊敬しています。本当です。だから、花井さんの仕事を一所懸命、見て勉強をしました。夜、家で練習しています。食材や調味料もそろえて、睡眠時間も削って。それを作らせてもらいたいんです。そのうえで判断してください」

必死さが、目つきや声から、ひしひしと伝わってきた。大場も感心したように、口を半開きにして、香津子を見ていた。プライドや見栄をかなぐり捨て、生身で体当たりをしようとしている。今の香津子には、鬼気迫るものがあった。後押しをする言葉を何か言ったほうがいい。言葉をかき集めていると、花井がうなずいたのであきらは驚いた。

「そうか。そんなに言うなら、試験とやらをやってみるか。で、何を作るんだ？」

香津子は、ぐっと唇を引き締めた。

「ペスカトーレ」

花井が嫌な声で笑った。自分が笑われたわけではないのに悔しさがこみ上げてきた。

「じゃあ、明日の賄いを、奮発してペスカトーレにしよう。それを、香津子に作ってもらう。結果をみて、どうするかを決める」

高橋が不安を隠せないような目つきをして、香津子を見た。花井が釘《くぎ》を刺す。

「高橋さん、あんたも、贔屓《ひいき》目なしで、彼女の料理を食ってみるといい。場合によっちゃ、あんたの舌も俺は疑うぞ」

高橋は目を閉じてうなずいた。

「じゃあ、そういうことだ。香津子はもう引き上げていいぞ。今夜も練習とやらがあるんだろうからな」

香津子は、低いがしっかりした声で、「ありがとうございます」と言うと、背筋を伸ばして厨房を出て行った。あきらは疲れを覚えた。

なんだか、すごいことになってしまった。そして、問題は、香津子の腕を信じられないことだった。もし、合格点が出なければ、あきらが厨房に入れられる。なんだかとっても理不尽だし、それじゃあ、みゆきの思いどおりじゃないか。

力を入れてグラスを洗い始めた。再びグラスが割れた。今度はワイングラスだ。こっちは確か八百円。流しに散らばったガラスの破片を注意深く拾い上げながら、あきらは奥歯を噛み締めた。

そのとき、携帯が振動を始めた。みゆきからだろう。無視を決め込むことにする。

腹立ち紛れに、スポンジを何度も揉んだら、泡が綿菓子のように膨らんだ。食洗器ぐらい入れればいいのに。そう思うと、余計に腹が立ってきた。

携帯が再び振動を始めた。この分だと、電話に出るまで、何度でもかけてくるだろう。

ゴム手袋を脱ぎ、携帯を引っ張り出す。

液晶画面に表示されていたのは、寛の名前だった。慌てて通話ボタンを押し、携帯を耳に押し当てた。

「ネットを見たか?」

寛は不機嫌さをあらわにしながら言った。

「何のこと?」

内心の動揺を抑えて言うと、回線の向こうから舌打ちが聞こえてきた。

「店のこと、書かれちゃってるぞ」

寛は、誰もが知っている巨大掲示板の名を挙げた。

「ペスカトーレがおいしい店と紹介されたのに、行ってみたらペスカトーレが出てこないっていうので、昨日からちょっと話題になっていたんだ。だから、今夜もチェックしていたら、さっき、新しい爆弾が投下された」

「爆弾?」

「お前のとこ、今夜、腐ったテリーヌ出したの?」

あきらは、息を飲んだ。

寛の説明によると、腐ったテリーヌを出したうえ、腐っていないと開き直った、どうしようもない店だという書き込みがあったそうだ。

今夜のメニューが詳しく書き込んであり、信憑《しんぴょう》性が高いと判断されているらしい。それを受けて、ネットで紹介されたからって図に乗っているとか、国産野菜と偽って中国野菜を使っているとか、読むに耐えない罵詈雑言《ばりぞうごん》が書かれているという。

「同一人物が書いたのか、それとも、何人もが書いているのかは分からないけどね」

いつの間にか、口の中がすっかり乾いていた。口を開けていたらしい。慌てて口を閉じ、唾をためて飲み込んだ。

信じられない。つい三十分ほど前のことじゃないか。

あの二人連れの顔がまぶたの裏に浮かんでは消えた。ふと気になった。あまりにも反応が早すぎる。仕組まれていたんじゃないか？　たとえば、家賃を上げようとしている大家の馬鹿息子が嫌がらせをしているとか。でも、そうなると、あのテリーヌが腐っていたと言った花井もグルということになる。それはさすがにあり得ないだろう。花井は香津子を辞めさせたがっているが、こんな手の込んだ真似をする理由がない。

「とにかく、せめてペスカトーレをちゃんと出すとかしろよ。これ以上、騒ぎを広げないでくれ。まったく、こっちはとんだとばっちりだったよ。とんでもない店を紹介してくれたなって依頼主に怒られた」

寛はそう言うと、挨拶もなしで電話を切った。

再び携帯が震えだした。今度こそ、みゆきだ。あきらは、その場にしゃがみこみたくなった。今は出たくない。一時的な現実逃避だけれど、みゆきの声を聞きたくなかった。

翌朝、あきらは少し寝坊した。おかげで朝食抜きだ。朝食を食べないとどうも調子が出ない。八つ当たり気味だなと思いながら、みゆきを恨んだ。

昨夜、家に帰ってみゆきに電話をかけ直したところ、日付が変わるまで根掘り葉掘り、前日のことを尋ねられた。みゆきは、ネットでの評判のことを気に病んだ。香津子のことでは憤慨した。愚痴ったり、怒ったり。電話から絶え間なく流れてくる声に、頭が痛くなった。たまらずテレビをつけたら、みゆきは真面目に聞けといってさらに怒り始め、手に負えなくなった。

それから延々、一時間。そもそも、小さな機械を耳に当てた姿勢を一時間も続けるなんて、まともな人間のやることじゃない。

首筋の痛みにたまりかねて、「だったら、明日、来てよ」と言った。みゆきは、散々迷った挙句《あげく》、なんとかしてみると言って電話を切った。

今朝、入っていたメールによると、夫の佐藤がゴルフの約束をキャンセルして子どもを見てくれるという。そのぐらい、当然だろう。

店へ向かう足取りは、自然に重くなった。

駅前に差し掛かったとき、花柄のワンピースを着た中年女に声をかけられた。髪を長く伸ばし、ふわっとしたパーマをかけている。

「ベトナムの子どもたちのために、ハンカチを買ってもらえませんか？　私たちが刺繍《ししゅう》したんです」

女は、眉間《みけん》に皺を刻んであきらに迫った。無視して歩き去ろうとすると、女が追いすがってきた。

「地雷で傷ついてしまった子どもたちのこと、かわいそうだと思わないんですか？」

女の声色《こわね》には、非難の響きが混ざっていた。

「たった五百円なんですよ。それで、ベトナムの子どもたちは助かるんです」

女が体を近づけてきた。香水の匂いが鼻についた。あきらは足を止めた。女は目を輝かせながら、手に持っていたバスケットから白いハンカチを取り出した。素人くさいバラの刺繍がしてある。

「ほら、これなんかどうです？」

ハンカチを広げようとする女を、あきらは手で制した。頭に浮かんだことが、そのまま口から飛び出した。

「服、カジュアルにすればどうですか？　化粧品を通販の安いものにするとか。そうすれば、五百円ぐらいすぐに浮きますよ。あるいは、バイトしてお金を稼いだらどうですか？　そんな刺繍をしている時間があるなら、スーパーのレジ打ちでもして、作ったお金を寄付すりゃいいじゃないですか」

女が、こってりとマスカラを塗ったまつげを震わせた。突然、喉が詰まるようなかんじがした。あきらは逃げるようにその場から離れた。

しばらく動悸《どうき》が収まらなかった。関係ない人にまで八つ当たりをするなんて、どうかしている。歩調を緩めて空を仰ぐ。青かった。雲は蛍光《けいこう》塗料が入っているみたいに白くまぶしく、力強い形をしていた。店に行く途中、あきらは目を見張った。この駅の近くにもう一軒あったイタリア料理店のシャッターが降りていたのだ。閉店を告げる張り紙が出ている。ミラノキッチンの足音が背後に迫っていることを嫌でも感じる。

店に着くと、すぐに二階の控え室に向かった。若菜が着替えを終えるところだった。小さなプラスチックの櫛《くし》で、しきりと前髪を撫で付けている。鏡の中からちらっと視線を送ってくると、若菜は言った。

「香津子さん、まだ来ていないみたいです。昨日の夜、練習しすぎて寝坊ですかね」

昨夜の顚末《てんまつ》を若菜が知っていることに驚いた。大場がしゃべったのだろう。

「逃げたのかもしれないですね。あるいは、おかしくなっちゃったか」

「どういう意味？」

若菜はようやく鏡から視線をはずし、あきらを見た。

「大場君から聞いたんですけど、香津子さん、昨日の夜、店を出るとき笑っていたんですって。あまりにもひどく追い詰められると、人って壊れちゃうっていうじゃないですか。あの人、普段、張り詰めている分、折れるときにはポッキリいっちゃいそう」

言いすぎだ、と言おうとしたが、若菜が先に口を開いた。

「あきらさん、料理人に昇格ですね。大場君はそのほうがありがたいって言ってました。香津子さんがいると、重苦しくていけないって」

「でも、そしたら彼女、ホールに行くんだよ?」

若菜がマスカラを持ったまま手を振った。

「それは、ありえないですよ。辞めるんじゃないですか。プライドが高い人だから」

「やめようよ、そういう話。それに、香津子さん、今日、うまくやるかもしれないし」

言いながら、自分でも嘘臭いなと思った。でも、それ以上に若菜の冷淡さが気になった。冷淡というより、無関心と言ったほうがいいかもしれない。若菜から目をそらすと、蛙みたいな制服に袖を通した。

着替えを終え、厨房を覗くと、高橋が携帯電話を耳に押し当てていた。香津子にかけているようだ。花井と大場はすでに仕込みの作業に入っている。高橋は目を閉じると、携帯を耳から離した。花井が調理台から顔を上げた。

「出ないのか」

「僕、様子、見てきましょうか。和賀は一人暮らしですから」

高橋が言うと、花井は鼻で笑った。

「怖気《おじけ》づいただけだろ。放っておけばいい。それに、俺と大場だけじゃ、手が足りないよ」

あきらは花井に声をかけた。

「私が行ってきましょうか？　確か、香津子さんの家って、経堂《きょうどう》でしたよね」

代々木上原から小田急線で十分ほどだ。開店時間に十分、間に合う。だが、花井は首を横に振った。

「そっとしておいてやれよ。お嬢さんには、お嬢さんなりの決意があって、出てこないんだろう」

花井が真顔だったので、素直に従う気になった。確かに、怖気づいたとまではいかなくても試されるのが嫌になったのかもしれない。あんなにリピーターが多かったパスタを香津子が作れるとは思えない。

「さあ、今日は一人足りないんだ。気合を入れていこう」

花井の掛け声に、大場だけが陽気に応じた。

「そういえば、生クリームが切れたんだ。香津子の代わりに買ってきてくれ」

花井に言われ、うなずいた。再び着替えに二階に上がるとき、珍しく口紅をつけている若菜と階段ですれ違った。

控え室でみゆきに電話をした。もし、昼までに香津子が来なかったとしたら、みゆきがわざわざ来る理由がなくなるかもしれないと思ったからだ。だが、あいにく、留守電だった。メッセージを吹き込むと、忌々《いまいま》しい制服を脱ぎにかかった。

ランチはそこそこの人で賑わった。今日は高橋もフル稼働だった。でも、厨房の仕事はそれなりに回っているようだった。満員だったら、どうなっていたか分からないので、そこそこの入りで幸いだった。

ペスカトーレの注文は、表に出した張り紙が奏功しているのか、激減していた。今日も訪れた坂田老人は、そのことをとても残念がっていた。

「魚介類の値段が上がってるからだろう?」

坂田老人は、勝手に理由を解釈していた。

「政府がなんとかせにゃいかんのだ。魚食は日本の文化だろうが。世界遺産なんぞの登録に金をかけてる暇があったら、漁師さんたちを援助しろって話だ。あきらちゃんも、そう思わんかね」

この店の料理は日本食とは言いがたい。坂田老人の言い分はピントがずれているような気もしたが、笑顔でうなずいておいた。

ランチの客が引けるとすぐに、みゆきが額に汗を浮かべながら現れた。

「暑いわねえ。水を一杯ちょうだい」

綿のオバサンっぽいワンピースに身を包んだみゆきは、扇子で喉元を扇《あお》ぎながら、テーブルに腰を下ろした。

「留守電を聞いてないの？」

「なにそれ」

あきらが事情を説明すると、みゆきが眉を吊り上げた。

「そんな大事なこと、連絡をしてくれなきゃ困るじゃない」

「だから、留守電にメッセージを入れたって。チェックしてみてよ」

「連絡っていうのは、相手に伝わって初めて成立するものでしょうが」

みゆきはそう言うと、前のめりになりながら、厨房に入っていくと、早速、花井に詰め寄った。

「香津子ちゃんが来ていないんですって？」

椅子に座って新聞を広げていた花井が不愉快そうな顔をした。

「事情は聞いてるんだろ？」

「そんなことはどうでもいいわ。それより倒れていたらどうするのよ。どうして誰も様子を見にいかせないの？」

「人手が余ってるわけじゃないんでね。何もないのに無断欠勤したら、そりゃあ俺だって心配するけど、なにせ昨日の今日のことだから」

みゆきは、憤懣《ふんまん》やるかたないといった具合に、花井をねめつけた。

「私、これから行ってきます！　住所、どこかに控えてあるわよね」

高橋が厨房の隅にある電話の横から、ファイルを取り出した。

「メモしてちょうだい。それと大場君、タクシーを呼びなさい、タクシーを」

大場が、飛び上がるようにして電話に向かう。あきらは、どうしていいのか分からず、その場に立ち尽くしていた。すると、みゆきに腕をつかまれた。

「あんたも一緒に来るのよ」

「えっ、でも……」

花井の様子を窺った。花井は何も聞こえていないように、親指をちろっと舐めると新聞をめくった。

高橋が手書きのメモをあきらに差し出した。

「さあ、ぐずぐずしないで。表に出てタクシーを待ちましょう」

電車を使わないにしても、この制服で表を歩くのは嫌だった。でも、そんなことを言っている場合ではなさそうだ。あきらはみゆきに従って外に出た。

タクシーはすぐに来た。車内は冷房が効きすぎていたが、みゆきは扇子を動かす手を止めようとはしなかった。京王井《けいおう》の頭線の踏み切りを渡り、東急世田谷《とうきゅうせたがや》線の踏切を渡った。

この辺りは、私鉄が網目のように走っている。

およそ二十分で香津子のアパートに着いた。木造モルタルの二階建てである。少々、意外な外観だった。つまり、おしゃれな雰囲気は微塵《みじん》もなく、昭和の時代のドラマで、貧乏学生が住んでいるような外観のアパートだったが、考えてみれば、れすとらんミヤマの給料なんて、高が知れている。

メモによると、香津子の部屋は二階の一番奥、二〇五号室。外階段を二階に上がり、チャイムを鳴らした。

「出かけているのかな」

みゆきが、ドアの脇にある金属製のドアを開けた。

「電気のメーターが回ってる。エアコンをつけているんだわ、きっと」

みゆきはそう言うと、ドアを軽くノックして呼びかけた。

「香津子さん、深山です。いるなら、開けてくれない？」

小さな部屋だろう。おそらく間取りは１Ｋ。香津子が中にいたら、ノックに気がつかないはずはないと思う。だが、室内からは何の反応もなく、隣の家で犬が鼻にかかったような声で鳴いただけだった。

みゆきは、さっきより強めにノックをすると、同じ台詞を繰り返した。気楽な調子の声だったが、気を楽にしているわけではないことは、緊張した横顔から分かった。あきらの心臓も動きを速めた。

「居留守かな」

あきらを無視するように、みゆきは、ノックと呼びかけを続けた。

不安がこみ上げてきた。居留守ならばいい。でも、急病で倒れているかもしれないと思うと、気が気でならない。そして、もっと悪いことも考えられないわけじゃない。

――あまりにもひどく追い詰められると、人って壊れちゃうっていうじゃないですか。

若菜の声が頭をよぎった。その次の瞬間、あきらもドアを力いっぱい叩いていた。

「いるなら出てきてよ。こっちは心配してるんだから」

みゆきが驚いたように、あきらを見た。あきらは、構わずドアを叩き続けた。拳が痛い。でも、不安を抑えるには、痛みを感じていたほうがいい。

これだけやられたら、香津子でも根負けするだろう。居留守ではあり得ないなと思い始めたとき、隣の部屋のドアが開き、タンクトップに短パンを穿いた学生風の男が顔を出した。男は目をしょぼしょぼさせながら、坊主頭を掻いた。

「静かにしてもらえませんか。俺、夜勤明けなんっすよ」

みゆきが、男ににじり寄った。

「隣に住んでる和賀さんの職場のものなんだけど、彼女が店に出てこないの。部屋の中を確かめたいから、協力してくれない?」

「へっ? 俺が?」

男は、目が覚めたような顔をした。

「ベランダがあるでしょ。ちょっと柵《さく》を越えて隣の様子を見てきてほしいのよ」

あきらは、空を仰ぎたくなった。それは無茶だろう。男も同じことを考えたようだ。だが、すぐに真顔になった。みゆきの不安が、男にも伝わったようだ。

「それなら、隣の家に行ってみたらどうですか。大家さんが住んでるから。バアサンだから、この時間、ウチにいるんじゃないっすか」

みゆきとあきらは顔を見合わせた。大家に事情を説明すれば、合鍵を貸してくれるに違いない。

「ありがとう。夜勤、頑張ってね」

みゆきが言うと、男は首をひねりながらドアを閉めた。夜勤が終わって寝ていたわけで、夜勤を頑張れというのは妙だと、男も感じたのだろう。

大家の老婦人は幸い、家にいた。背中が少し曲がっているが、人のよさそうな女である。目が垂れているからって人がいいとは限らないわけだが、少なくともあきらにはそう見えた。みゆきが運転免許証を見せたうえで事情を説明すると、すぐに合鍵を持ち出してきた。

「まさか自殺なんかじゃないよね」

突っ掛けをパタパタ言わせながら階段を上ると、大家は皺に埋もれた小さな目で、あきらとみゆきを見上げた。

「それはないと思いますけど……」

みゆきの声は、自信にあふれているとは言い切れなかった。大家が申し訳なさそうに眉を寄せると、鍵を手のひらに載せ、あきらに差し出した。

「私はここで待ってるから」

かさついた手のひらの上で、金属製の鍵が日の光を受けてきらめいた。受け取ると、それは暖かかった。あきらは、唾を飲み込むとそれを鍵穴に差し込み、一気に回した。

「香津子さん、入りますよ」

声をかけてドアを大きく開く。ひんやりとした空気が流れ出してきた。電気もついている。ドアを開けてすぐのところが、細長いキッチンだった。ガス台の上に、フライパンが載ったままで、ニンニクの香りがかすかにした。その奥が部屋になっているようだが、入り口が狭くて中の様子まではよく分からない。

「入ろう」

みゆきが緊張した声で言うと、あきらを押しのけるようにゴム底のスリッポンを脱ぎ、中に入った。あきらが靴を脱ぐのに手間取っていると、みゆきの悲鳴が聞こえた。

あきらの顔から血の気が引いていった。顔ばかりじゃない。喉もとの血管がすっと萎《しぼ》んだ。

「お姉ちゃん！」

靴のまま、部屋に上がる。狭いキッチンを抜けるとそこは六畳ほどの洋室だった。パイプベッドが壁際にあり、黄色いタオルケットに包まれたこんもりとした塊がある。みゆきがそれに覆いかぶさるようにして何か叫んでいる。

タオルケットの裾から、裸足の足がのぞいていた。ペディキュアも塗っていない、骨ばった足だった。

香津子がたいへんなことになっているらしい。その現場に自分はいる。そうと頭では理解していたが、現実感がなかった。

香津子は夏布団ではなく、タオルケットを使う人なんだ。タオルケットなら洗濯機で丸洗いできるから便利かも。そんなどうでもいいことしか、頭に浮かばない。

みゆきの怒声が耳から脳に突き刺さった。救急車を呼べ、と言われているのに気がつくまでに、数秒を要した。

「そこにある薬を飲んだんだと思う。急いでっ！」

みゆきの顔は、涙でべとべとだ。ベッドサイドのテーブルには白い薬袋がぽつんと載っていた。あきらは、震える手で携帯電話を取り出し、一一九番を押した。救急車を呼ぶなんて、人生で初めての経験だ。自分が自分ではないようだった。

急病人が出たと伝え、高橋に書いてもらったメモの住所を読み上げる。相手の声が、低く落ち着いていたから、なんとか自分の役割をこなすことができた。

「香津子ちゃん、香津子ちゃん」

みゆきが呼びかけを続けている。その声がたまらなく嫌だった。いつの間にか、大家の老婦人が隣にいた。あきらの腕をつかむとかすれた声でつぶやく。

「あれまあ……」

あきらは、ベッドのほうを見ることができなかった。ふわふわとして脚に力が入らない。この場を離れたくてたまらなかった。

昨夜、厨房で花井と揉めた後、フォローをするべきだった。あるいは、今朝、姿を見せなかった時点で、すぐにここに来てみるべきだった。

少なくとも二つはできることがあった。なのに、それを自分はしなかった。

だって、しようがないじゃない。こんなことになるなんて思わなかったんだから。

でも、その可能性がゼロではないことは、分かっていた。

エアコンが吐き出す風が、まるで冷凍庫の冷気のように冷たく感じられる。

みゆきは、香津子の名を呼び続けている。頰を打つような音が、狭い部屋に響き渡った。大家が、たまらなくなったように、背中を丸めて部屋を出て行った。

彼女の後姿を目で追っていると、キッチンの流し台に茶色い円筒型の容器があることに気付いた。花井専用の調味料台に載っていたものと同じもののように見える。わざわざどこかで探し出して買ってきたのか。それでも同じ味は出せなかったのだろう。香津子の胸の内を思うと涙がこぼれた。

社長室に入ると、すでに専務が到着していた。新社長と専務はそろって満面に笑みを浮かべ、男を迎え入れた。

白いカバーがかかったソファに腰をかけると、専務が男の目をまっすぐに見た。専務は男より十歳ほど年上だが、張りのある肌をしている。

専務は興奮を抑えられないような面持ちで切り出した。

「早速だが、UMZの量産体制を構築してほしい」

「それはずいぶんと急な話ですね」

「君がこの間、くれたデータをね、ある方に見せたんだ。そうしたら、とても興味を持ってもらえた。いつごろから販売できるのか聞かれてね。見通しをつけておきたい」

「しかし、それはあまりにも性急では。専務にお渡ししたデータは数人分しかなかったと思いますが」

「それでも、インパクトがあるってことだ。目端がきく人間が食いついてくる程度のものではあったんだよ。それより、驚くなよ」

専務はニヤッと笑うと、ある有名な外食チェーンの名を挙げた。驚いて新社長を見ると、新社長は嬉しさを抑えきれないように微笑みながら言った。

「商品として開発するというのも手だけど、正直言って、我が社のブランドイメージは損なわれてしまったでしょう。一般用より、業務用で出したほうが、確実に利益が出るのではないかと専務がおっしゃるので、動いてもらっていたんです」

男は新社長の笑みに引きずられるようにうなずいた。

「なるほど。それは、専務のおっしゃるとおりかもしれませんね」

マーケティングのことについては、男は無知だった。その道に長《た》けている専務がそう言うなら、それで間違いないのだろう。

「ですが、試験の規模が現時点では、全く不十分だと思います。思いがけない事態も発生して、実験が滞っていますし」

そう言いながら、男は苦い思いを噛み締めた。軽い気持ちでやったことが、一人の人間にとっては、重いものになるということを思い知らされた。だが、それは、感傷というものだろう。

ただ、その気持ちを封印するにしても、量産体制を組み上げ始めるのは時期尚早に思えた。

今後の事業展開について熱く語る専務を男は遮った。

「お話は分かりましたが、焦りは禁物です。資金を投じた結果、失敗に終わるようなことがあったら」

「しかし、先方も急《せ》いている。実験のスピードを上げてはどうだろう。大量にデータを取れれば問題はないんだろう?」

「はあ、しかし……」

専務が不敵な笑みを浮かべた。

「なあに。目立たなければいいんだよ、目立たなければ。やりようはいくらでもある。たとえばだな……」

専務は、ゆっくりと語り始めた。

5章　圧迫感

八月も終わりだというのに、三十五度を超える猛暑日が続いている。今年の夏はろくでもなかった。早く涼しくなってほしい。そして、この夏を忘れたい。でも、当分キツイ日が続きそうだ。ミラノキッチンが開店するというチラシが今日、ポストに入っていた。井ノ頭通りにもミラノキッチンの大きな案内看板が出現していた。いよいよだな、と身が引き締まる思いがするというより、とても太刀打ちできないんじゃないかと不安になる。

あきらは、パジャマ代わりにしている古いTシャツを着て家を出た。洗濯をサボっていたから、ほかに普段着がなかった。みゆきは、一足先に子どもたちと一緒に店に行っている。

香津子が倒れた日の夜、みゆきはいったん厚木に戻り、子どもたちを連れてきた。それから実家に泊まっていた。香津子に万一のことがあったとき、病院に駆けつけられるようにするためだ。

固唾《かたず》を呑《の》むようにして待っていたところ、昨夜、ようやく病院に詰めている香津子の母親から、意識を取り戻したと連絡があった。しばらくは面会謝絶だし、入院生活も続くが、命に別状はないということだった。

倒れた日にも、おそらく命は助かると医者は言っていた。だが、意識がない状態が続いている間は、安心しろと言われても無理だった。

そして今日の夜、店を再開する。ずいぶん長い間、休んでいたように思えるが、実はたった二日のことだった。

店に着くと、すでに他の人たちは来ていた。六人がけのテーブルを囲んで神妙な顔つきで座っている。あきらは、高橋の隣の席に着いた。

子どもたちは、奥の四人がけのテーブルに着いていた。子ども用の椅子に座り、大場が用意してやったのか、アイスクリームを舐めている。

みゆきが話を始めた。

「というわけで、一安心ね。命がどうこうということはないし、後遺症もなさそうだって。当分、復帰は難しいでしょうけど」

高橋が大きく息を吐いた。

「ともかくよかった」

搾り出すような声だった。目の縁が赤くなっている。若菜も、目頭をしきりにぬぐっていた。斜め前に座っている花井を見たが、花井は伝票の計算をしているときとさして変わらぬ目をしていた。

「あの、こんなことを聞くのもなんなんですけど、やっぱり自殺なんですか?」

大場が突然、言った。みゆきが硬い表情で首を横に振る。

「違うわ。事故よ」

「事故?」

「そう。香津子ちゃんは、最近、寝つきが悪くてね、病院で睡眠薬をもらっていたんですって。それを間違っていつもより多めに飲んでしまったらしいの」

大場が首をひねった。

「あの人、そんなに馬鹿ですかね?」

大場の台詞は、みゆきからその話を聞いたとき、あきらが考えたことと同じだった。みゆきは焦《じ》れたように、髪の毛をかき上げると、厳しい目で大場を見た。

「香津子ちゃんのお母さんがそう言っていたんだから、そういうことでしょ」

「はあ」

「余計な詮索《せんさく》はやめなさい」

みゆきはぴしゃりと言うと、一同を見回した。

「香津子ちゃんについて妙な噂《うわさ》を広めた人は、即刻、この店を辞めてもらいますからね」

あきらは、何も言えず、テーブルを見つめていた。胸が圧迫されるようで苦しかった。

奥のテーブルで真沙美が声を上げた。謙太が水を入れたコップをひっくり返してしまったようだ。あきらは、急いで立ち上がり、彼らを惨状から救ってやった。といっても、テーブルの上を拭き、コップに水を入れなおしてやっただけのことだが。

胸の圧迫感はいっそう強くなった。

香津子が倒れた日、茨城県から病院に駆けつけてきた香津子の母親の顔が脳裏に浮かぶ。彼女は、香津子とよく似ていた。猫のようなきつい目とか、鋭い鼻筋とか、そういうパーツだけでなく、凜とした雰囲気がそっくりだった。

香津子の母によると、彼女の部屋から、医者に処方された睡眠薬が見つかった。あの白い袋がそうだったのだろう。それを服用しすぎたのだという。なぜ、服用しすぎたのかが問題なのだが、香津子の母親は「服用量を間違えた」と言い切った。

みゆきは、彼女を喫茶店に誘い、身を縮めながらも、最近の店での様子を話した。あきらもみゆきの隣で、何度も頭を下げた。

だが、香津子の母親は、みゆきの話に聞く耳を持たなかった。本人が意識を取り戻したらはっきりするだろうが、自殺などするはずがない、事故であると主張した。

彼女が目を吊り上げるほど、あきらの心は冷え冷えとしていった。

香津子の母親は、香津子と気質が似ているように見受けられた。すなわち、自分の負けを絶対に認めないタイプだ。

香津子の母親と別れた後、あきらはみゆきに言った。

「詳しい話を警察にして、きちんと調べてもらったほうがいいんじゃないかな」

みゆきは静かに首を横に振った。

「そのうち、意識を取り戻すでしょ。外野が騒ぐのは賢明じゃないと思う」

外野じゃない。いや、外野なのだろうか。外野席からでも、石のつぶてをグラウンドに投げ込めば、選手に当たって傷つける。

席に戻ると、みゆきが念を押すように言った。

「とにかく、そういうわけで、自殺ではなく事故だからね」

自殺の疑いがあると認めたようなものだが、みゆきがそれに気付いている様子はなかった。大場が首をすくめて、ぼそっと言った。

「まあ、考えてみれば、原因なんてどうでもいいっすよね。助かったわけだし」

それが傷口を広げないために最良だと、香津子の母やみゆきは考えているのだろう。大場ですら、そう感じているらしい。だが、あきらの胸はもやもやとしていた。

それまで黙って腕組みをしていた花井がぼそっと言った。

「どうせ狂言自殺だろ」

その場にいた全員が固まった。あきらも、手前に引きかけた椅子の座面から手を離せなくなった。そんな周りの反応を楽しむように、花井がせせら笑った。

「そんな奴には、戻ってもらいたくない」

「花井さん」

みゆきが、咎めるように言ったが、花井の口をふさぐことはできなかった。

「嘘つきと一緒には働けない」

事故だとは思えないというのは、あきらも同感だ。でも、狂言だなんて、ひどすぎる。何か言わなきゃならないと思って口を開きかけたとき、隣の椅子が大きく音を立てた。高橋が色白の頬を紅潮させて立ち上がり、花井をにらみつけていた。

「今の言葉を撤回してください」

花井は鼻を鳴らすと、意地悪そうな目つきで高橋を見た。

「じゃあ、なんだ？　高橋さんは、事故だったたって言いたいわけか？　だとすると、大場より頭の回転が鈍いってことだな」

「な、何を……」

「もうこの話は、お終《しま》いにしましょう。それより、当面の店の体制について……」

みゆきが割って入ろうとしたが、高橋は、花井から視線をはずそうとはしなかった。射すくめるとはこういう目のことを言うのかもしれない。そして、彼が怒るとき、小鼻の辺りが赤くなるのだと、初めて知った。

高橋は震える声で言った。

「花井さん、あなたは和賀に謝るべきだ。僕らも、もちろん謝る。あなたは、彼女を辛い状況に追い込んだ。僕らは黙ってそれを見ていた。その結果、あやうく死に追いやるところだったんだ。そのことに対して、痛みを覚えないとしたら、あんた人間として、どこか壊れている」

「見舞いには行くさ。同僚としてな。でも、謝罪する必要なんかないね。さっきも言ったが、あれは狂言。お嬢さんに本気で死ぬ気なんかなかったはずだ」

「何を根拠にそんなことを」

そんなことも分からないのか？　というように花井は目を細めた。

「さっき、いみじくも大場が言ったじゃないか。あのお嬢さんは馬鹿じゃない。大学を出ている学士さんだし、社会的な常識は十分にあった。今時の睡眠薬は、多少、多めに飲んだぐらいでは死なないんだよ」

あきらは、口の中で小さく叫んだ。

そういえば、そんな話を聞いたことがある。かつて、首吊りより睡眠薬のほうが、自殺の手段としてポピュラーだった。だが、その後、薬の質が改善され、今では何百錠飲んだって死ねない可能性のほうが高い。

大場のほうを見ると、きょとんとしていた。このことを知っていたわけではなさそうだ。

花井はゆっくり続けた。

「俺なんぞが知ってることを、お嬢さんが知らないわけがないだろ。ましてや、本気で自殺しようと思ったら、そのあたりのことを確かめるはずだ」

みゆきが、気まずそうに下を向いた。みゆきも、花井と同じようなことを考えていたのかもしれない。

そうか、本気で死ぬ気ではなかったのか……。

ふいに、すべてが馬鹿馬鹿しくなってきた。自分を責め、怯《おび》えて泣いていたこの二日間は、いったいなんだったんだ。

花井と目が合った。思いがけず、彼は目で笑いかけてきた。まるで、あきらが仲間か同志であるかのように。

あきらは、慌てて真面目な表情を取り繕った。

高橋が細い声で反論を試みた。

「でも、いずれにしても、それほど辛かったってことじゃないですか。それに対する謝罪は必要だと思います」

「死ぬほど嫌なら、店を辞めればいい。本気で死ぬ気なら、もっと確実な方法を選べばいい。甘えなんだよ。あるいは、俺へのあてつけか」

高橋がぐっと拳を握り締めた。

「子どもの猿芝居に付き合うなんて、いい迷惑だ。顔も見たくない」

あきらは、複雑な気分で目を閉じた。

なるほど、花井が言うことには、筋が通っている。でも、狂言自殺という手段を香津子が選ぶとは思えなかった。香津子は、野心にあふれていて、努力家だ。でも、卑怯《ひきょう》ではない。むしろ、まっすぐすぎるほどまっすぐであり、そこが弱みになっている。追い詰められ、発作的に自殺を図ったというなら、分からないでもない。でも、他人を陥《おとしい》れるために芝居を打つとは思えないのだが。

そのとき、かすかな震動を感じた。隣で立ち尽くしている高橋が、体を震わせているのだ。

高橋はみゆきに向かって深々と頭を下げた。

「今日限りで店を辞めさせてもらいます」

「えっ?」

みゆきが今度こそ、腰を浮かせた。

「ちょっと待ってよ、どういうこと? 今、辞められたら困るわ」

「恩をあだで返すようで申し訳ないですが、俺は、花井さんと一緒には働けない」

高橋は腹の底から振り絞るような声でそう言うと、きびすを返して大またでホールを出て行った。階段を乱暴に駆け上がる音が、響いてきた。

「花井さん、止めてください。高橋さんがいなくなったら困るわ」

花井は、苦虫を嚙み潰したような表情を浮かべていたが、テーブルに手をついて立ち上がった。

「本人の好きにさせるしかないだろう。俺は真実を指摘しただけだ。それが気に入らないなんて、駄々っ子じゃないか。俺はお子様方の相手ができるほど、器《うつわ》の大きい人間じゃない」

花井は大場に声をかけると、厨房に向かって歩き出した。大場が、長い手足をもてあますようにばたつかせながら、彼の後を追った。

ふと見ると、真沙美と謙太が、怯えた表情を浮かべてこっちを見ている。若菜がすっと席を立ち、子どもたちのところへ行った。

「ああ、もうっ！」

みゆきが、髪の毛をかきむしるようにすると、テーブルに肘をついて黙り込んだ。あきらも、しばらく口を開けなかった。

この店は、もう、どうにもならないんじゃないだろうか。いっそのこと、これを機会につぶしてしまったほうが……。

なんとなく、窓の外を見た。そして、驚いた。坂田老人が、ガラス窓に額をくっつけるようにして、のぞき込んでいる。あきらと目が合うと、坂田が手招きをした。

外に出ると、坂田老人が早速尋ねてきた。

「何かあったの？　ここんとこ何日か休みだったよね」

「料理人の一人が体調を崩していたんです」

坂田の表情が曇った。

「そりゃあ、いけないね。で、いつから店を開けるの？」

「ええっと、ちょっと分からないんですけど」

「でも、近いうちだよね」

坂田の目には、懇願するような光があった。それが、あきらの胸を突いた。

「みっちゃんも、けいちゃんも、心配してた。小埜さんがいなくなって、この店がなくなっちゃうんじゃないかって」

みっちゃんとけいちゃんというのが、誰なのかは分からない。常連客であることは間違いがなさそうだが。

坂田が上目遣いで見上げてきた。

「新しいシェフの人が来たけど、あまりうまくいってないんだろ？　あとさ、孫に聞いたんだけど、ネットであることないこと悪口を言いふらされちゃったんだって？　気にすることないさ。寂しい人間が、悪意で書いているだけなんだから。少なくとも、僕たちは気にしないし」

ネットの騒ぎが、坂田老人にまで伝わっているのか。だとすると、本格的にダメかもしれない。

黙っていると、坂田老人は気にしなくても、他の人がどうかは分からない。

「止めてもらっちゃ困るんだよ。あのペスカトーレをまたサチコさんに食わせたいんだ。あきらちゃんも会っただろう？　中川サチコさん」

あの上品だが暗い老婦人のことか。

そういえば、食べ終わった後、少し明るい表情になっていた気がする。店にとっては、ありがたいことだが、今のあきらには、素直に喜べなかった。

「ペスカトーレは他の店にもありますよ」

やんわりと言うと、坂田は首を横に振った。

「あの人は、前はとっても明るい人だったのに、息子さんを亡くしてからふさぎ込んでしまったんだ。まあ、無理もないよね。それにしても、あまりにも憔悴《しょうすい》が激しいものだから、こっちも心配になってね。病院に行けって何度薦《すす》めてもきかないし。だからせめて気分転換になればいいと思って、あの日、この店に連れてきたんだ。あのペスカトーレは絶品だったからね」

坂田はそう言うと、記憶を反芻《はんすう》するようにうなずいた。

「料理ってすごいね。サチコさんはすごく元気になったんだよ。帰りにケーキを食べたいとか言い出したぐらいでね」

ふいに、あきらの脳裏に記憶が蘇った。まだ中学生ぐらいのときだ。店に入っていく客が、ひどく暗い顔つきをしていたのが気になった。五十代と思《おぼ》しき男性客だった。名前は知らないが常連の一人で、何度か見かけたことがあった。肩を落とした姿は、思わず注視してしまうような痛ましさがあった。

あきらが二階で夕食を食べて店を出ると、再び男とかち合った。男の様子は一変していた。頬には赤みが差し、目に光が戻っていた。丸まっていた背中がすっと伸び、視線は足元ではなく、まっすぐ前を見ていた。

そうだ。あのとき、料理人になってもいいかなと思ったのだった。

坂田は熱っぽく続けた。

「僕も家内を亡くしたときや、仕事で大きな失敗をしたとき、決まってこの店に来た。この店ができて以来、ずっとそうだ。人間って案外、単純なものだと思うね。うまいものを食い、顔見知りと一言二言、言葉を交わす。それだけで人間、生きる元気がわいてくるもんだ。ただ、うまいもんといっても、たとえば滅多に行かないようなホテルや老舗料亭の高級料理じゃダメなんだ。身の丈に合った、だけど、とてつもなくうまいもの。そういうものを出してくれる店が、近所にあるっていうことは幸せなことだ」

坂田はあきらの手を取ると、力強く握った。

「多少、時間がかかってもいい。店を続けてほしい。僕たちは、首を長くして待っているよ」

乾いた手を通して、坂田の切実な思いが、流れ込んでくるようだった。

こういうふうに、誰かに何かを頼まれたことは、これまでの人生でなかった。熱いものが、胸の奥からわいてきた。

仕事とは生活費を稼ぐためにやるものだと思っていた。あるいは、自分の夢や野心を実現するためのものかと。でも、そんな小さなことではなかった。見知らぬ誰かを幸せにするために、人は働くんだ。一人の人間ができることなんて、ほんのちょっとかもしれないけれど、ゼロとは雲泥の差があるはずだ。

あきらは、ため息を吐いた。二十七歳になるまで、そのことに気がつかなかった自分が恥ずかしかった。

坂田老人が手を離すと、あきらは自分の手を見つめた。包丁ダコの一つもない綺麗な指。マニキュアこそ塗っていないが、鹿皮で丁寧に表面を整えた爪。

まだ間に合うだろうか。

間に合う、とみゆきは言ってくれた。それを信じてもいいいんじゃないか。

「ありがとうございます。頑張ります」

あきらが言ったとたんに、坂田老人の顔が、光った。物理的に人の顔が光るはずがないのだが、あきらには確かにそう見えた。

「そうか、そうか。じゃあ、毎日、覗いてみるよ。みっちゃんや、けいちゃんにも電話をしておく。再開初日には、是非ともペスカトーレを用意してくれよ」

坂田老人は、何度も頭を下げると、弾むような足取りで去っていった。彼の背中が見えなくなると、あきらは店の入り口に立ち、店内を改めて見た。古い店ではある。床はあめ色に光っているし、椅子のシートは色あせている。

春の風に頰をすっと撫でられたような心持ちがした。無限の可能性が、この店には眠っている。それに気がつかなかったなんて、自分は馬鹿だ。小さなことにとらわれて大局が見えないと言っていたみゆきの言葉はおそらく正しい。

ふと見ると、みゆきが赤い目をして宙を眺めていた。

苦い思いがこみ上げた。みゆきをエゴの塊のように思っていた。まあ、確かに強引な人ではある。でも、それだけじゃない。みゆきはおそらくあきらがさっき考えたようなことを、昔から考えていたのだ。

あきらは、みゆきに歩み寄った。

「高橋さんがいなきゃ困るよね」

「当たり前でしょ。香津子ちゃんの替わりにあんたが厨房に入るとしても、高橋さんの穴は埋められないわ」

みゆきはそう言うと、肩を落とした。

「私は花井さんともう一度話してくる。あんたは、高橋さんを引き止めてみて」

「分かった。やってみる」

みゆきは、拍子抜けしたように首をかしげた。

「あんた、やけに素直ね」

知らんぷりをした。お姉ちゃんの言うことが正しかったと言うのは、やっぱり悔しい。

でも、もうたぶん、迷わない。

「頼んだわよ。あと、香津子ちゃんが抜けたわけだから、あんたにはとりあえず厨房に入ってもらうわ。ホールはバイトを早急に増やすことにする」

「どれだけのことができるか分からないけど、頑張ってみる」

みゆきは、眉を上げた。警戒するような色が目に浮かんでいる。

「あんた、どうしちゃったの？」

「別に」

「ふうん。まあ、いいわ。とにかく頼んだわよ」

みゆきはテーブルに置いてあった水差しからコップに水を汲《く》んだ。喉を鳴らしてそれを飲むと、大場を大きな声で呼んだ。

「子どもたちにオレンジジュースでもやってちょうだい」

「はーい、ただいま」

能天気な声が厨房から返ってきた。

二階に上がり、男性の控え室のドアをノックすると、くぐもった声で返事があった。ドアを開くと高橋が肩をすぼめて、煙草を吸っていた。窓を細く開け、そこから煙を吐き出すようにしている。高橋は滅多に煙草を吸わない。少なくともあきらがここで働くようになってから、そんな姿は目にしたことがない。

この部屋に入ったのは初めてだ。ロッカーとベンチがあり、基本的には女子の部屋と同じ作りだが、窓を開けるとすぐ目の前が隣家の壁になっている。ただの茶色い壁を高橋は見つめていた。窓から差し込む日の光に、髪の毛が一本、光っていた。白髪のようだった。

「さっきの話だけど」

高橋の背中がこわばった。

「花井さんが言っていたことは、本心じゃないと思う。口が滑っただけだよ」

高橋がゆっくり振り返った。陰になっているせいか、ひどく顔色が悪い。煙草の灰を灰皿に落とすと高橋はうつむいた。

「これまでのことを考えれば、あれは、出るべくして出た言葉だよ。あの人はどこかが壊れている。人間として大事なものが、欠けているような気がする。俺はそんな人と一緒に仕事をしたくない」

高橋は、冷静さを取り戻すように、自分の頬を叩いた。

「それに、花井さんがいる限り、俺はこの店には不要な人間だ。もっと若い料理人で十分に間に合う。みゆきさんだって、本当は俺を辞めさせたがっているんじゃないか？　小埜さんが辞めて別の人がシェフになると決まった時点で辞めるべきだったのかも。俺と小埜さんの二人でもこの店には重すぎた」

高橋の目が揺れていた。気持ちは分かる。でも、そういう質問のしかたは男らしくない。だが、今、そんなことで高橋を責めても意味はない。

「そんなことないです。それじゃ、私が困るし」

あきらはきっぱりと言った。

「ウチの父の味を知っているのは、今は高橋さんしかいないもの。教えてもらいたいんです。父に習ったことを全部私に」

高橋が目を瞬いた。

「香津子さんが戻ってくる可能性は低いと思うんです。この機会に私、料理のほうをやってみます」

「だって、あきらちゃん、高校を出るとき、料理人になるのをあんなに嫌がってたじゃないか」

それは、あなたのせいだ、と言おうとしたがやめた。そこまで打ち明ける必要はない。もう過去のことであり、言う必要もないことだ。

「ホールで働いているうちに、気持ちが変わったというか。とにかく、やることにしたんです」

そのとき、ドアをノックする音が聞こえ、疲れた顔をしたみゆきが入ってきた。ベンチに腰を下ろすと、大仰に顔をしかめた。高橋が窓を大きく開け、空気を入れ替えた。

「今、花井さんと話してきたんだけど、香津子ちゃんは、戻る気はないでしょうね。でも、私もあれは狂言だったと思う。お医者さんに聞いたんだけど、香津子ちゃんの主治医は睡眠薬を処方するとき、自殺には使えないってことを冗談めかして伝えていたそうよ。花井さんは、言葉がきつすぎたと思う。でも、彼の言うことも分かるような気がするのよ。香津子ちゃんは、頑張り屋さんだけど、ちょっと思い込みが激しいところがあったし」

高橋の目が揺れ、ぽつりとつぶやいた。

「俺、昨日の夜、みゆきさんから電話をもらうまで、生きた心地がしなかったです」

「そうよね。分かるわ。香津子ちゃんに対して、花井さんは、厳しすぎたのかもしれない。他のみんなも冷淡だったかもしれない。でも、彼女は薬を飲むよりほかに、やるべきことがあったと思う。彼女にも将来があるからね。表向きは事故として処理すればいいと思う。でも、ここで働き続けるのは無理だわね」

みゆきは、高橋ではなく、自分に向かって話しかけているようだった。

香津子のことを思うと、みゆきのように明快に自分の考えをまとめることはできなかった。でも、狂言であろうとなかろうと、香津子がこの店で再び働く気にはなれないということは、察しがつく。

「高橋さん。花井さんと話をしてみてくれる？　花井さんも、さっきは言いすぎたって反省してるから」

「しかし……」

「この店でお父さんの代からいるのは、高橋さんだけじゃない。花井さんが、新しいものを作ってくれるのはありがたいと思う。でも、守らなきゃならないものもある。だから、高橋さんには辞めてもらったら困るの。どうかお願いします」

みゆきは、深く頭を下げた。もはや高橋の目に躊躇《ちゅうちょ》はなかった。

男はうんざりしながら、喫茶店を出た。

相手の反応は、予想を超えるものだった。

まあ、無理もないと思う。前言を翻《ひるがえ》されることが、自分は嫌いだ。相手もそうだろう。それに、相手は思いのほか、傷ついていた。もう止めたいとすら言い出した。

気持ちは分からないでもなかったが、ここで撤退されたら、計画を一からやり直さなければならない。それは、今の状況では、許されることではなかった。

必死で頭を下げた。頭を下げる相手が違うと言われても、コメツキバッタのように頭を下げ続けた。

そんな自分が恥ずかしかった。

会社に戻るのが嫌になり、電話で専務に相手を説得できたと報告した。専務は、早速次の一手を打つと言って張り切っていたが、とても一緒に喜ぶ気にはなれない。

電車に乗ってからも、嫌な気持ちは消えなかった。

時計を見た。まだ夜の八時を回ったばかり。しかし、どこかで一杯やっていきたい気分だった。男の家は町田《まちだ》市にある。町田で飲んでもいいのだが、なじみのない町で飲むほうが、今の気分にふさわしい。

電車がホームに滑り込んだ。

ホームの壁にかかった看板が目に入った。その瞬間、男は息を飲んだ。さっき聞いた名前が、看板に記されている。瞬きをして、記憶を確認した。間違いはないようだ。

扉が開くと同時に、看板に引き寄せられるようにホームに下りた。看板の前に立ち尽くす。電車の扉が音を立てて閉まり、自嘲の笑みが男の顔に浮かんだ。

こんなことをしても、何もならないではないか。

そう思いつつ、ホームから階段を上り始めた。目の前に、色とりどりの花を並べた店があった。

あの鮮やかな赤い花はダリアだろうか。不思議と心に染み入ってくる色だ。

男は、赤い花から目をそらすことができなくなった。人形のような童顔の店員が、営業用の笑みを張り付かせて、男に近づいてきた。

6章　薔薇肉《ローズビーフ》

「野菜が小さすぎる。煮崩れてはいないけど、歯ごたえがなくなっている。賄いのカレーだからって気を抜いちゃダメだよ」

高橋が言った。

「申し訳ありません。以後、気をつけます」

唇を噛みながら、ほんのちょっとの差なんだなと思った。たぶん、あと二ミリ。二ミリ大きめにカットしていれば、ニンジンに歯をたてたとき、もうちょっとましな食感が得られただろう。

「しっかし、サラダの量が多すぎっすよ。ウサギじゃあるまいし、毎日こんな大量の野菜、食いたくないです」

高橋とともにテーブルについていた大場が言う。

それはしようがないことだ。そう言おうと思ったが、高橋が目を伏せたので、やめておいた。

今日もランチの客は五人しか来なかった。ディナーも同じようなものだろう。明日も、明後日も。

賄いには、大量のサラダをつけることになる。

九月一日。すなわち一週間前、イタリアンレストランのチェーン、ミラノキッチンがいよいよ開店した。ミヤマとは百メートルと離れていない。オープン日には、臨時のバイトらしい若い女の子が駅周辺でビラを配っていた。そのうち一人はなんとミヤマの前まで足を伸ばして来た。大場が怒鳴って追い返したそうだ。そして今朝も新聞には折り込み広告が入っていた。

恐れていたとおり、客の入りは悪くなった。ざっと半減といったところだろうか。

ミラノキッチンのランチは六百八十円。ディナーも平均価格帯は二千五百円といったところだった。メニューの種類も豊富だし、量もたっぷりとしている。

チェーン店の強みは仕入れにある。食材を大量に一括注文し、それを各店舗に配送することで、コストを下げている。調理の手間も違う。タマネギは加工場で皮と芯を機械で取り除いたものが、運ばれてくるそうだ。

そんな店と価格で対抗しようとしたら、ミヤマは一月も持たずに白旗を掲げることになるだろう。ならば味で勝負というのは、誰もが考えるところだが、簡単ではない。賃金が右肩上がりに伸びている時代ならともかく、景気は冷え切っており、客の財布の紐《ひも》は固い。

それに加えて、例のネットの問題があった。腐ったものを出す、取材を受けたのに、肝《かん》心《じん》のメニューを出さない。そんなふうに書かれてしまったわけで、あれを見て来なくなった客もいるだろう。

そして、香津子のことで臨時休業が続いた。悪いことばかりが重なっている。ジリ貧という言葉が脳裏をちらつく。

あきらは、自分が作ったカレーをぼそぼそとかきこんだ。ジャガイモが嚙む前に口の中で崩れた。

こんなものしか作れない素人同然の身では、差し出がましいかもしれない。でも、黙ってもいられない。みゆきに怒られるからというわけではなく、できることがあるならば、何かやりたいと思う。あきらは、思い切って、高橋に尋ねてみた。

「何かできないでしょうか。もしかして、花井さんと何か話していますか?」

高橋は、生真面目にうなずいた。

「花井さんは、新しい食材を入れるつもりらしい。手配をしていると言っていたから、そろそろ届くんじゃないかな」

「新食材ってやばいんじゃないっすか? 花井さんが入れたイベリコの生ハム、余りまくってるじゃないですか。乾いてしまって、ジャーキーみたいになってる。もっとほかにやりようがあると思うんですけど」

大場のくせに、まともな意見じゃないか。高橋も、大場を否定しなかった。

「とりあえず、しばらくは様子を見よう」

そのとき、階段の下から花井の声が聞こえた。呼んでいるようだ。花井は昼食をとっくの昔に食べ終わり、階下に降りていた。

「なんっすかね」

「その食材が届いたとか?」

「あ、そうか。そうかもしれないっす」

再び花井が呼んだ。声の調子からみて、機嫌は悪くはなさそうだ。高橋、大場、そしてあきらは、食器を流しに下げると階下へと急いだ。

厨房に入ると、中央の調理台に大きな発泡スチロールの箱が載っていた。覗きこむと、そこには大きな肉の塊がいくつも入っていた。牛肉のようだ。これが、花井が用意した新食材のようだ。

「モモですね」

高橋が言うと、花井がうなずいた。

なぜ、モモ肉なのだろう。モモは脂肪分が少ない。端的に言うと、日本人にはあまり好まれない肉だ。ありがたみというやつがない。どこか花井の考えは、ピントがずれているような気がするのだが……。

花井は、肉塊の一つを箱からとりだすと、調理台に置き、残りを箱ごと冷蔵庫にしまった。

調理台に戻ると、花井は言った。

「これをローズビーフにする。新メニューとして売り出そうと思う」

「ローズビーフってなんっすか?」

あきらが聞きたかったことを、大場が尋ねてくれた。

「ローストビーフをイタリアではそう呼ぶ。切り口がばら色だからローズ。これから作る。作り方を見ていろ」

高橋が緊張した面持ちで背筋を伸ばした。大場があきらの耳元に口を近づけて言った。

「花井さんが、自分が作るところを俺たちに見せてくれるなんて、久々ですよ。よく考えてみると、この店に客として来て料理にいちゃもんをつけた日以来じゃないですか」

「そっか。そういえば、私らに教えるとき以外、中央の台を使うこともないもんね。いつも、自分のコーナーに閉じこもっちゃって」

花井は、塩や胡椒《こしょう》、オリーブオイルといった基本調味料も、自分専用の容器に入れており、何をどう使っているのかいま一つ分からなかった。

花井は、大人の拳二つほどの肉の塊に、塩と胡椒をこすりつけると、フォークを何箇所かに突き刺した。

「これでしばらく時間を置く。十分ぐらいだ。その間に、この牛肉について説明しておくか。岩手の肥育農家から仕入れた」

「ということは、前沢《まえさわ》牛ですか」

高橋が尋ねると、花井は笑った。

「俺に言わせればブランド牛なんぞ、モノが分からない馬鹿がありがたがる実につまらん食材だ。これはただの岩手県産牛。それ以上でも、それ以下でもない」

大場が唇を尖《とが》らせた。

「でも、松阪《まつさか》牛ってうまいですよ？　一度しか食ったことないけど。それに、花井さんが入れた生ハムだって、いわばブランド豚じゃないっすか」

「あれは、うまいからいいんだ」

メチャクチャな理屈じゃないか。思わず噴き出しそうになった。だが、花井は悪びれる様子もなかった。

「要は、その値段を出す価値があるかどうかの問題だ。たとえば、一皿千円の生ハムと、一皿五百円の生ハムを比較したとき、千円のほうが二倍うまけりゃ、何の問題もない。だが、一割うまいだけだったら、馬鹿げてる。大場が言うように、目玉が飛び出るぐらいうまい松阪牛は確かにある。でも、値段も目玉が飛び出るぐらい高いから、この店では使えない。そこそこのブランド牛よりは、絶対にこいつのほうがうまい」

花井はそう言うと、大場に向かって言った。

「それにお前知ってるか？　松阪牛っていったって千差万別なんだぞ。たとえば宮崎で繁殖させ、滋賀で肥育した後、出荷前の三ケ月だけ、松阪で仕上げ肥育をやったら、松阪牛として通用するんだぞ。松阪をはじめとするブランド牛の産地に仕上げ肥育の技術があることは認める。だが、同じぐらいの技術があっても、ブランド牛の産地じゃないから、安い場合もまれにある。それがこの牛だ。要は、料理人の目利きで、安くてうまいものは出せる」

「花井さん、それ、どうやって手に入れたんですか？」

花井がじろっとあきらを見た。

「個人的な伝《つて》。それ以上を言う必要はないね。それより、もう少し俺の話を聞いてもらおう。ブランドにこだわるのは馬鹿だが、霜降りにこだわるのも馬鹿だ。赤身を霜降りより下に位置づける必要なんか、本来はないんだ。霜降りの牛なんて、人間で言うなら、メタボだぜ。脂に反応してうまいと思わされているだけで、うまいかどうかは別問題だ」

「脂に反応するってどういう意味っすか？」

大場が言うと、花井は眉をかすかに寄せた。

「自分の頭で考えてみろ」

それきり花井は、調理台に視線を戻した。塩胡椒のなじみ具合を確認するように指で肉の表面を押す。次に手際よくタコ糸で肉を縛ると、あらかじめ熱してあったフライパンに無造作に投入した。

ジュッという音がして、香ばしい香りが飛んできた。ああ、これは肉の香りだと思った。脂じゃなく、肉の香り。花井の影響を受けすぎだろうか。

油をスプーンで肉塊に回しかけながら、花井が話しかけてきた。

「そういえば、さっき若菜に聞いたんだが、今日のランチにあのじいさんがまたやってきたそうだが、今日はペスカトーレじゃなくて、バジルソースを頼んだらしいぜ」

じいさんというのは、坂田老人のことだろう。だが、何で褒めるのか分からなかった。ペスカトーレを作っているのは花井で、バジルソースは大場。大場の作るもののほうが、味がよいとは思えないのだが。

「あれ？　そういえば、バジルって八百屋に注文してないっすよね」

大場が言った。

「俺が持ってきた。ベランダのプランターでもうまいバジルぐらいは作れる。それより俺は賭けてもいいね。あのじいさんは、今度来た時も、バジルのほうを食うと思う。うまいものがどういうものか、じいさんには分かったらしい」

花井は、そう言うと、ローズビーフの調理方法の説明を再開した。

皆が見守る中、ローズビーフが香ばしく仕上がった。こげ色が適度についた表面は、そのままかじりつきたくなるぐらいだ。花井はそれを調理台に載せると、慎重な手つきでナイフを入れた。柔らかな紅色が現れ、肉片がはらりと倒れた。肉汁をたっぷり含んで、つやつやとしている。花井は次々と肉をスライスすると、それらをバラの花びらのように丸く盛り付けた。

「これがローズビーフ。さあ、試食だ」

あきらは早速、試食をした。口に入れたとたん、肉汁があふれ出し、肉の味がした。塩と胡椒がほんのりと利いている。でも、味の主役はあくまでも肉である。獣くさいわけじゃない。だが、肉本来の味は、きっとこうだったのだと思わせる味だった。

嚙み締めると、その思いはいっそう強くなった。肉の繊維を感じる。だが、それは歯で簡単につぶれるものであり、邪魔にはならない。霜降り肉のように舌の上でとろけはしないが、嚙み締めるたびに、滋味が、口中にあふれ出す。

「これは……。本当にうまいです」

高橋が感嘆した面持ちで言った。大場は、早速、次の一枚に手を伸ばしていた。

あきらは肉を飲み込むと、フォークを置いた。しばらくの間、舌に残る余韻《よいん》を味わっていたかった。

「明日からこれを出す。初日から一週間ぐらいは俺が作るが、その後は、あきらに作ってもらう」

「えっ、私がですか？　だって、メインで出すわけですよね。いきなりそんなものは作れません」

なにせ、賄いのカレーさえ、高橋に合格点をもらえていない。素人料理と、プロの料理の間には、目に見えない線があるのだ。やる気がないわけじゃない。頑張りたいという気持ちも本物だ。でも、無謀なことを頑張っても、墓穴を掘るだけに終わってしまうんじゃないか。

だんだん腹が立ってきた。

「なんで、花井さんができないんですか？」

「俺は今後、ホールに顔を出そうと思う。バイトは頼りない。若菜一人では目配りが不十分になるし、俺が常連たちと顔見知りになれば、集客にも効果があるだろう。高橋さんには、その分をカバーしてもらいたい。大場の仕事も増えるはずだ」

高橋がうなずいた。

「なるほど。しかし、あきらちゃんに肉を焼かせるというのは厳しくないですか？」

「ローズビーフっていうのは、コツさえつかめば意外と簡単だ。そのあたりは、俺がきっちりあきらに教えるから問題ない」

「はあ」

高橋は納得しかねるような目つきでうなずいた。あきらも、そう簡単ではないと思うのだが……。しかし、花井が聞く耳を持つとは思えないし、一応、筋は通ってもいる。

「まあ、そう不安そうな顔をするな。これを出せば、必ず客は戻る。他にもちゃんと手を打つ」

花井はそう言うと、皿に残っていたローズビーフの最後の一切れを口に放り込み、肉の食感を確かめるように、口を動かした。

「そうだ。あと、あきらには一つ頼みがある。あのグルメライターを呼んでくれ。奴にもこれを試食させたい」

「えっ？　いいんですか？」

雑誌とかに出るのは、くだらないとあんなに言っていたくせに。不満が顔に出てしまったのだろうか、花井が、あきらをにらんだ。

「勘違いするなよ。俺は、一過性のブームに踊らされる客は嫌いだ。だが、今の局面じゃ、しようがないだろ」

宣伝が必要と納得してくれたのか。それはありがたい。でも、今さら言われてもというのが、あきらの気持ちだった。

「この間のことがあるから、来てくれるかどうか……」

「それを呼び出すのがお前の仕事」

花井はぴしゃりと言うと、大きく伸びをした。大場が、同情をこめた視線を送ってきた。

「へえ。こりゃあ、綺麗なもんだなあ」

坂田老人はローズビーフを前に、大げさな声を上げた。今夜は、同年輩の男二人と一緒だった。たぶん、けいちゃんとみっちゃんだ。彼らも、目を輝かせながら、フォークを手にした。二人とも小柄で、似たような容貌《ようぼう》をしている。

三人は、示し合わせたようにいっせいに肉を口に入れ、満足そうにうなずきあった。

「これはすごい。肉汁が濃いね」

「いや、むしろさっぱりしているんじゃないか？　最近、焼肉やらステーキやらは、脂っこくて食べる気がしないんだけど、こうやって食べると牛肉もいいものだなあ」

「俺たち常連が太鼓判を押そう」

けいちゃんまたはみっちゃんはそう言うと、大きく口を開けて笑った。坂田は、あきらのほうを見ると、目を細めた。

「仕事中に呼び出して悪かったね。でも、調理場に入ったと聞いて、一言、エールを送りたくなってね。肉もうまいが、あきらちゃんもなかなかのものだ。その調理服、よく似合うよ」

蛙みたいな制服と比べたら、自分でもこっちのほうが似合うと思う。脂のハネが右の胸についているのが、少々、みっともないけど、着心地も悪くない。

「未熟者ですけど、頑張りますのでよろしくお願いします」

「そうだよなあ。頑張らないと」

坂田は何度も小刻みにうなずくと、さりげなく店内を見回した。

今夜も客の入りは悪かった。坂田らのほかは、会社員らしい三人連れがいるだけだ。彼らは、窓際のテーブルに陣取っていた。すでに食事を終え、もう三十分も空のコーヒーカップを前に、上司の悪口をしゃべり散らしている。

「ミラノキッチンに行ってみたよ。まあ、まずくはないな。でも、うまくもない」

「はあ……」

「なんだい、その気が抜けた返事は。頑張ってくれよ。こんな立派な新メニューもできたじゃないか」

プレッシャーになるなあと思う。立派な新メニューではあるけれど、作る人間が立派とは言いがたいわけで。

そのとき、花井が隣に立っていることに気がついた。慌てて坂田を紹介すると、花井は慇懃に頭を下げた。

「いつも贔屓にしていただいてありがとうございます」

坂田が恐縮したように頭を下げた。

「これは、わざわざすみません。あきらちゃんを呼び出して申し訳ないです」

「いえ、そんな。それより、ローズビーフはいかがでございましたでしょうか」

坂田がぱっと笑った。

「うまいです。正直なところ、霜降り肉のすき焼きより、うまいと思うね。いや、僕は所詮、素人だ。有名な店を食べ歩いているようなグルメじゃない。だから、評価なんてできないけど、うまいということは分かる」

「特別な肉なんですか？」

みっちゃんか、けいちゃんが尋ねた。

「岩手県産の牛肉です。丁寧な肥育をしているというだけで、ブランド牛ではないんですが」

「ふうん。そうなんだ。でも、そうでなきゃ、この値段では出せないよな。いや、でも僕は好きですよ、この味。この年なんで、肉なんてもう食わなくていいと思っていたが、口に合うものってあるんだなあ」

「過大なお褒めの言葉をありがとうございます。ところで、今夜、サラダのドレッシングはバージョン1にさせていただきました。明日から、三種類のなかから、選べるようにしますので、いろいろ試してください」

「ほう、それは面白そうだが、それよりこの肉についてだがね」

坂田は花井に質問を始めた。それをきっかけに、あきらは、厨房に引き上げることにした。

ローズビーフが好評だったようで、一安心といったところだ。あとは、寛に取材してもらって、宣伝してもらえれば……。昼間、電話をしてみたが、留守番電話になっていたので、夜、かけなおすと吹き込んでおいた。店じまいをしたら、さっそく、電話をかけなければならない。

しかしその気持ちも、厨房に足を踏み入れた瞬間に萎んだ。脂の匂いが漂う中、高橋と大場が退屈そうに調理器具をいじっていた。汚れた皿はシンクに一枚も入っていない。時計を見ると、九時を回っていた。今夜の客はこれ以上、ないだろう。ということは、今夜の客は合計六人ということになる。

だが、あきらはあえて顔を上げた。下を向いちゃいけない。せっかく見えてきた光を消してはいけない。運命の神様は、目が合った人にしか笑いかけない。顔を上げていなきゃダメだ。

下ごしらえの際に、ひとまとめにしておいたクズ野菜を手に取った。客がいないということは、練習ができるということだ。野菜の繊維をうまく生かして刻むコツがまだつかめていない。今晩中に、クリアしてみせる。

包丁を握ったとき、背後でバサッという音がした。振り返ると、大場が苛立った目を向けてきた。調理台には、黄色い布巾《ふきん》が、ボロ雑巾のようにぐしゃっと載っている。

あきらは、大場を軽くたしなめようとした。だが、大場のほうが先に口を開いた。

「このままでいいんっすかね」

高橋が鍋磨きの手を止め、大場に目を向けた。

「そうカッカするな。どんな店にもこういうときはある。これまでだって、そういう日がなかったわけじゃないだろう？」

「状況が違いますね。たまたま客が入らないわけじゃなく、理由があって入らないんだ。要は、ウチの店はミラノキッチンに喧嘩を売られたのに、受けて立っていないってことなんじゃないっすか？　俺、舐められるのは嫌いなんです」

「大場君、喧嘩じゃないんだから」

「いや、喧嘩ですね。喧嘩じゃないなら、戦争ですよ。ウチの前でビラを配るなんて、そうとしか考えられないです」

「だから、花井さんが、新メニューを考えてくれたわけでしょう。それに、雑誌に出るかもしれないし。私、一所懸命頼んでみる」

大場は、唇を真一文字に結んで首を横に振った。

「ぬるいですね。イラッと来るんですよ。俺、花井さんに、一発ビシッと言ってやろうかと思って」

「ちょっと、やめてよ。面倒なことになるだけでしょうが」

「だって……」

そのとき、若菜が、空になったコーヒーカップを載せて厨房に戻ってきた。三人連れがようやく帰ったようだ。とりあえず、洗い物を片付けてしまおうかと思い、シンクへ向かったところ、花井がのっそりと入ってきた。花井はゆっくりと厨房を見回した。大場は、ふてくされたように、調理台に体をもたせ掛けている。

皮肉めいた笑いが花井の顔に浮かんだ。

「それにしても暇だな。若菜はもう上がっていいぞ。こんなに人が余っているんだ。お前が遅くまで残っていることもなかろうよ」

若菜は、生真面目な表情を浮かべてうなずいた。

「あの、明日も私は定時でいいですか?」

花井が眉を上げる。

「どういう意味だ?」

「チラシ作り、手伝いますけど」

「なんだそりゃ? チラシを作るなんて俺は一言も言ってないぞ。誰が勝手にそんなことを決めたんだ」

花井があきらをにらみつけた。いや、違う。私じゃない。首を振ると、大場が頭を掻きながら言った。

「すんません。俺が考えたんです。ミラノ、今朝も駅でビラを配ってました。ウチもやるべきだと思います。この際、はっきりと言いますけどね、雑誌に載せてもらおうだなんて、がっかりですよ。らしくないっす。前に、花井さんがみゆきさんにビシッと言ったとき、俺、しびれたんです。俺ら料理人が、料理評論家にぺこぺこするなんて最悪じゃないですか。どっち向いて仕事してるんだって話です」

怒鳴り声が降ってくるかと思った。だが、花井は、顎に手を当てて考え込むようなしぐさをした。

大場が勢いづいた。

「チラシぐらい簡単に自分で作れますよ。若菜は字が綺麗だし、俺、イラスト描けるし。なんなら、この前、やられたお返しに、この店の前だけじゃなく、ミラノキッチンの前でも、俺、配りまくります」

若菜が、大場を励ますように見つめていた。ふと思った。二人はデキているのかもしれない。

「花井さん、坂田さんはローズビーフについてなんて言ってましたか？」

高橋が遠慮がちに尋ねた。

「ああ、ずいぶんと褒めていただいた。今度、知り合いをつれてきてくれるそうだ」

大場が勢い込む。

「ほら。雑誌になんか頼らなくても、大丈夫ですよ。俺たちでやりましょう」

「花井さん、僕も大場の提案に賛成です。雑誌も悪くはない。でも、自分たちの手でも何かをやりたい。チラシを撒《ま》きましょう」

今度こそ花井が怒り出すのではと思った。だが、花井は困惑したように首をひねった。

「ずいぶんと気合が入っているんだな。いったいどうしちまったんだ？」

「俺には、難しいことなんか分からないです。でも、うまいものはうまい。みんなに食ってほしい。それだけです。どこか間違ってますか？」

大場はそう言うと、胸を張った。花井が苦笑いを浮かべた。

「単純すぎだ。そう簡単には世の中……」

高橋が花井を遮った。

「いえ、この際、単純に考えましょう。僕も、あのローズビーフを食べたとき、ふっきれたんです」

高橋が晴れ晴れとした顔で言った。

「この夏ずっと悩んでいました。花井さんと自分の腕の差を思い知ったし、店を仕切れるような度量もない。この先、どうなるんだろう。うだつがあがらないまま、一生を終えるのかななんて、悲観的になってしまった。でも、うまいものはうまい。それをみんなに食べてもらいたい。それでいいんです。これからは、そのことだけを考えるようにします。僕は料理人ですからね」

二人の思いが、熱いつぶてのように、心にびしびしと響いてきた。胸が痛いぐらいだ。花井は苦虫を噛み潰したような顔をしていた。だが、視線は落ち着きなく揺れている。

「まあ、なんだ。お前らの気持ちは分かった。俺もとりあえず考えてみるわ。ただ、あの記者は呼んでくれ。こっちにも、事情ってものがあるから」

花井は口の中でぼそぼそと言うと、あきらに坂田たちの様子を見てくるようにと命じた。

「チラシの図案、家で考えますね」

若菜が明るく言うと、大場が「おう」と言って親指を突き出した。

二日後、紺野寛が昼休みに店にやって来た。彼が席に着くなり、あきらは頭を下げた。

「この間のペスカトーレのときは、迷惑かけて本当にごめん」

寛は白いコットンのシャツの袖をまくりあげると、鷹揚《おうよう》に手を振った。

「いいよ。もう沈静化したし。まったく、ネットってやつは、熱しやすく冷めやすいものだな。もう慣れたけど、毎度、うんざりするよ。それより、話って？」

「こんなことを言うのは、申し訳ないんだけど、助けてほしいの。結構、真剣にまずい状況なの」

あきらは、もう一度、頭を下げた。

以前は、こう思っていた。寛は友達だ。友達だからと伝を頼り、まずいものをうまいと書かせるようなことをしてはいけない。それは、寛に対して、とっても失礼なことだ。

でも、今は違う。あのローズビーフは本当においしい。だから、何の遠慮もいらない。

「お願いします。今回は、自信があるの」

寛は、コップの水を飲んだ。

「なんか、ずいぶん迫力があるな。あきららしくないというか。まあ、察しはつくけどな。あのミラノキッチンとかいう店だろ？　あのチェーン、うまくはないが、まずくはないんだよな。安いことは安いし」

「そう、そうなの。隠してもしようがないから言うけど、あの店のせいで、お客さんが入らなくなったの。大家には賃料の値上げを迫られているし。だから、どうしても、繁盛店にしたいの。うちの自信作を是非、取り上げてくれない？　シェフも気を変えてくれたわ。自分から、寛ちゃんを呼んでほしいって言ってきた」

「へえ、そうなんだ」

「とりあえず、試食してよ。シェフが今、持ってきて、説明をするから」

「どこかに掲載できるかどうかは分からないな。というより、どんなにうまくたって直近は厳しいよ。この間の件もあるから、せめて何ケ月か間を置かないと」

「うん。それは私もそう思うんだけどね」

そのとき、奥からローズビーフの塊を載せた盆を持って、花井がやってきた。食器を持った若菜が後から緊張気味の表情を浮かべて続いた。

「先日はお目にかかれず失礼しました。そして今日はお呼びたてして申し訳ありません。シェフの花井と申します。どうぞよろしくお願いします」

花井は礼儀正しく頭を下げた。寛が慌てて立ち上がる。

「いや、こちらこそよろしくお願いします」

「どうぞおかけください。早速ですが、試食のほうをよろしくお願いします。岩手県産牛のローズビーフでございます。お話はそれからということで」

花井はそう言うと、その場で肉塊にナイフを入れた。紅色の肉が現れると、寛が息を呑むのが分かった。

若菜がセットしたナイフとフォークで、皿に取り分けられた肉を切り、口に運ぶ。寛の表情の変化をあきらは見守った。

肉を飲み込むように喉仏を動かすと、寛は尋ねた。

「ちなみにいくらで出しているんですか?」

花井が値段を告げると、寛はうなずいた。

「なるほど。コストパフォーマンスも悪くない。これ、いいんじゃないですかね。いや、本当にそう思いますよ。機会を見つけて、是非、紹介させてください」

安堵があきらの胸に広がった。

花井が頭を下げた。

「それはありがとうございます。あと、もう一つ、お願いがあります。相原玄太《あいはらげんた》先生にウチの店をご紹介いただけませんか?」

「相原先生に?」

寛の表情が曇った。

相原玄太という名前は、あきらも知っていた。テレビのグルメ番組などに出てくる料理評論家だ。やたらと調子がよく、正直言って、評価されているとは言いがたい御仁だ。

なぜ、相原なんかに……。

花井はいったい何を考えているんだろう。あんな男に褒められても、ろくなことがないんじゃないかと思う。

それに、あまりにも極端だ。

グルメ評論家の類《たぐい》は大嫌いではなかったのか。今回、寛を呼べと言い出したことすら驚きだった。なのに、よりによって相原を指名するとは、理解に苦しむ。

「先日いただいた名刺に名前のあった雑誌。あれは、相原先生が監修していたはずです。

ということは、紺野さんは相原先生に伝があるわけですよね」

「まあ、それはそうですが」

寛は、気まずそうに、体を動かした。

寛も、花井の考えを理解しあぐねているのだろう。あきらは花井の表情を窺った。そしてさらに腑に落ちない気分になった。花井は、無表情を装っていたが、嫌悪のようなものが、かすかに透けて見えるような気がする。考えすぎだろうか。

「ダメ元で構いません。声だけかけていただければ、それで十分です。どうかお願いします」

言葉を口から無理に押し出すように花井が言った。寛が、諦《あきら》めたように肩をすくめた。

「声をかけるだけでいいわけですね？　相原先生は、お忙しい方だから、来るかどうかまでは」

「それで十分です。よろしくお願いします」

花井は、もう一度、丁寧に頭を下げると厨房に引き下がった。入れ替わるように、若菜がテーブルを片付けに来た。コーヒーを置いていくところが、なかなか気がきいている。

若菜の姿が見えなくなると、寛が小声で言った。

「花井さんって、案外、ミーハーなのか？　よりによって相原氏を指名するとはねえ」

「まあ、知名度はあるよね。テレビなんかで万一、紹介されたらすごいことになるかも」

「そういうタイプではないように見えたんだけど、人って分からないもんだな」

そう言うと、寛はコーヒーを啜《すす》った。

「まあ、相原氏については考え込む必要もないよ。受けない可能性が高いと思う。言っちゃ悪いけど、あの人は高級志向だから、この店には興味がないと思う」

「そうか。うん、そうかもね」

「しかし、花井さんも、相原氏の趣味を知らないはずはないと思うんだけどなあ。まあ、とりあえず今晩、ちょうど会議で顔を合わせるから言ってみるだけ言ってみる」

「サンキュ」

「ちょっと思ったんだけど、もしかすると花井さんは、相原氏のことを知っているんじゃないか？　どこか別のところで働いていた頃、面識があって高く評価してもらったとか」

そういえば、すっかり忘れていたが、花井の前歴はいまだに分からない。そういうことがあっても不思議はないような気がする。

「でも、ならば直接、自分で連絡を取ればいいんじゃないの？」

「それをやると、前歴がばれてしまうから、俺を使うことにしたとか」

「うーん。でも、それって、あんまり意味がないような気がするけど。だって、相原氏に会えば、分かってしまうわけでしょ？」

寛もあっさりうなずいた。

「そうだよな。理屈が通らないか。とりあえず、俺の記事は任せとけ。折を見て情報誌あたりに掲載できるよう、売り込んでみるよ」

寛はそう言うと、最後の一滴まで飲み干すかのように、コーヒーカップを大きく傾けた。


帰宅すると、みゆきが待っていた。ダイニングキッチンを覗くと、あきらの夜食用と思われるサンドウィッチが用意されていた。

みゆきは、ブラウスにスカートというきちんとした格好だった。テーブルに肘をついたままで「お帰り」と言った。

平日の夜である。おそらくは、ミラノキッチンによる打撃を心配して来たのだろうが、心配なのはこっちだって同じだ。そして、現場はできるだけのことをやっている。こう言ってはなんだが、外野のみゆきに、あれこれ言われたくなかった。

それに、なんだか今日は疲れてしまった。頑張りたいと思っている。高橋や大場も、若菜さえもやる気になっている。それは嬉しいことだけど、どこか空回りしているような気もして不安だった。こんな夜は、一人でゆっくりしたい。

「あきら、話があるのよ」

みゆきに呼び止められたが、「後で」と言って、二階の自室に上がった。

シャワーを浴びると、すこし気分がよくなった。体中を覆っていた膜が一枚、剝《は》がれ落ちたような気分だ。髪をタオルで包んでダイニングキッチンに入ると、みゆきは先ほどと全く同じ姿勢で座っていた。

なんか変だ。いつものみゆきじゃない。缶ビールを冷蔵庫から取り出すと、みゆきと向かい合うように座った。

「どうしたの？」

「うん」

「店なら、頑張ってるけど。今日は、紺野君も取材に来てくれたし」

「そのことはさっき、花井さんからも連絡があったわ。とりあえず、よかった」

気のない返事だった。

「大家から何か言ってきたの？」

みゆきはため息を吐いた。

「それは相変わらずペンディング状態。長期戦になりそうね」

「じゃあ、何よ」

あきらは、声を荒らげた。まるで以前と立場が逆転してしまったみたいだ。みゆきは、気弱な微笑を浮かべた。

「香津子ちゃんのことよ。今日、お見舞いに行ったの」

嫌な感覚が鳩尾《みぞおち》のあたりに広がり、あきらは視線を落とした。忘れていた。忘れようとしていたのかもしれない。後ろめたさが、胸にせりあがってきた。それをビールで喉の奥へと流し込む。

「体調もほとんどよくなったみたい」

「よかったね。でも、よくなったみたいってことは、香津子さんに今日も会えなかったってこと？」

みゆきは肩を落とした。

「お母さんが、会わせてくれないのよ。ちょっと微妙なことになっていてね。香津子ちゃん、薬を飲んだときの記憶がないんですって」

「えっ、そうなの？」

「正確に言うと、その日の記憶が混乱しているってことかな。心療内科にかかっていたことは確かだけど、睡眠薬を所定量より多く飲んではいないし、なんで自分が倒れたのか分からないって言っているらしいわ。香津子ちゃん、嘘をついているのかな。そのへんのところを、お母さんは全く話そうとしないんだけど、とにかく、娘はもう店には戻さないからっていう一点張りで。まあ、私としても辞めてくれとか本人に言わずにすんでほっとしているけどね」

「ふうん、そうなんだ」

自殺を図ったことを、自分で認めたくないのかもしれない。それが狂言だったとしたら、なおさらだろう。ただ、香津子本人とみゆきが会っていないというのが気になった。結局、あれはなんだったのか。分からないまま、香津子と別れるということになる。

「とりあえず、香津子ちゃん、あさって退院なんだって。お母さん、しばらく田舎で休ませるって言っていたわ。東京を離れる前に一度、みんなでお見舞いさせてほしいと頼んだんだけど、やめてくれって強く言われちゃった。花とかを置いていくのも迷惑だってすごい剣幕でさ」

「そうなんだ」

「誠意を持って接しているつもりなんだけど、いろいろ難しいわね。なんだか、ぐったりきちゃった。今日は、お義母さんが来ているから、子どもたちは大丈夫だし、一人でゆっくりしたいと思ってこの家に泊まることにしたの。あんたには、状況を話しておきたかったし。ああ、そういえば一つ忘れないうちに言っておかなきゃ。一昨日、店の定休日だったわよね。夜に病院に花を持って行った人がいるんだって。ミヤマという名前で受付に置いていったそうよ。私は、花なんて邪魔になるだけだと思って、ゼリーとか果物とかを持っていっていたんだけど。花を持って行ったのは、あんたじゃないでしょう?」

あきらは、サンドウィッチを急いで飲み込んだ。

「ううん、違う」

そう言いながら、香津子のことを忘れていたことを後ろめたく思った。料理人として頑張ろうと思ったけれど、そのきっかけになったのは、あの不幸な出来事なのだ。

みゆきは続けた。

「ならば、たぶん、高橋さんが持っていったんだろうね。で、ともかく、あんたから、店のみんなに先方の希望だからお見舞いには行かないでくれと伝えておいてくれない？　お母さんにも強く言われているから」

「あ、うん」

そう言いながらも、あきらは内心、別のことを考えていた。香津子に会いに行こう。狂言だったかどうかなんて、この際、問題じゃない。花井のきつすぎる仕打ちに対し、声をあげなかった。フォローしようと思えばできたのに、しなかった。そのことについて申し訳なく思っていることを伝えたかった。偽善者めいている気がしないでもないけれど、ここで謝っておかなければ、この先一生後悔しそうな気がする。

しかし、みゆきの心配の種を増やすのも気の毒ではあった。ただ、あの母親にさえ見つからなければ、問題はないような気がする。香津子が母親に泣きつき、母親がみゆきに抗議の電話をかけるというような大げさなことには、たぶん、ならないだろう。

「分かった？」

みゆきが、畳み掛けるように言った。

「あんまり楽しい役目じゃないね」

みゆきをごまかすために言うと、みゆきは初めて笑顔を見せた。

「まあね。でも、あんた、厨房に入ることになってよかったんじゃないの？　花井さん、筋がいいってあんたのことを褒めていたわよ」

悪い気はしなかった。だが、それより、なんだか変なかんじがする。花井らしくない。らしくないといえば、昼間の件だってそうだ。

「そういえばさ、紺野君に花井さんが……」

あきらは、みゆきに花井が相原を呼びたがっていることを告げた。

「そういえば、花井さん、そんなことを言っていたわね。ただ、私も思ったんだけど、紺野君が言うように、相原は来ないわよ。あのオヤジ、町のレストランなんかに興味ないから。それより、チラシの件ね。あれは結構、いいんじゃないかな。大場君が言い出したっていうのが、なんだか嬉しいじゃない」

「うん、そうだよね。高橋さんもやる気を見せていたし、いい方向に向かっているとは思う」

「香津子ちゃんには、申し訳ないような気がするけどね」

みゆきはそう言うと、冷蔵庫から缶ビールを取り出した。

そのとき、携帯電話が鳴った。寛からだった。

「おいおい、分からないもんだな」

寛は、興奮気味に言った。

「相原氏、乗り気も乗り気。ローズビーフこそ、日本の肉食文化に欠けていたものだ、とか議論をぶち始めてさ」

「えっ、そうなの？　なんで？」

「俺だって知らないよ。で、味は確かだと思うと言ったら、来週にでも取材に行くって」

「へえ、それはすごい」

「これぐらいで驚くなよ。テレビなんだよ、テレビ」

「テレビ！　テレビ局がうちの店に来るっていうの？」

みゆきが、体を乗り出した。

「そっ。夕方の情報番組で紹介するって。もう手配に動いているらしい。もちろん、お前の店はオッケーだよな。シェフからの頼みだったわけだし」

「うん、そりゃあもう」

相原がろくでもない評論家だと陰口をたたいてしまったことを後悔した。ろくでもなくたって構わない。影響力が大きければ。

いつの間にか、手が汗で湿っていた。

「すごいことになるぞ。雑誌と比べて、テレビは影響力がはるかに大きい。いいなあ、はっきり言って羨《うらや》ましい。俺もテレビに出てぇ」

「いや、それより、どういう準備をすればいいのかな。どうしていいかなんて、さっぱり分からないから」

みゆきが横から携帯をひったくった。

「すみません、姉のみゆきです。ありがとうございます、本当に」

みゆきは、宙に向かって何度も頭を下げた。

「明日にでも、いらしていただけませんか？　いろいろ教えてください。どうすれば、うまくプレゼンができるのか。お願いします。ええ、もちろん、日当は弾ませていただきます。お忙しいのは分かりますが、そこをなんとか」

これは、確かに転機になるかもしれない。うまくやれば、一気に問題は解決する。あきらは、軽い興奮を覚えた。空になったビールの缶を何度も口に運んでいることに気付き、缶を両手でつぶした。

いい手ごたえだ。勇気が満ちてくるような。

「ありがとうございます。では、妹に替わります」

みゆきは、ごり押しに成功したようで、にやっと笑うと携帯をあきらに差し出した。

「なるほど、うまくいきそうじゃないですか。あなたの腕はなかなかのものなんですね」

男は少々、安堵した。

相手は、怒りを抑えた声で、自分はいいように利用されていると訴えた。

「承知のうえで引き受けたわけでしょう？　それなのにいきなり、まるで自分が被害者のような言い方をされては……」

それは、自分に言い聞かせるための言葉でもあった。

「それより、思い出してください。あなたがこの国の人たちから受けた仕打ちを。実直に作られた食材ほど安心でうまいものはない。そんな簡単なことも分からない人たちばかりだったわけじゃないですか。それがお互い、身にしみているでしょう？　そういう世の中に対して、我々のようなちっぽけな存在が反旗を翻したって何にもならない。自分たちの暮らしが立ち行かなくなるのに、がちがちの正論をぶっていたら、干上がってしまいますよ。それより、ニーズにこたえなければなりません。ニーズにこたえるということは、安くておいしく感じるものを提供すること。それ以外にないでしょう」

ダリアの赤が脳裏に蘇った。

あのことだけが不安だ。UMZの安全性に問題はないと思っている。動物実験を何度も繰り返したし、理論的にも何一つ間違ってはいないと思う。

だが、量の問題については、気にならないこともなかった。なんらかの影響が出る量を予測するのは、机上では難しい。本来ならば、臨床データを取りたいところだったが、そんな時間も費用もかける余裕は、今の会社にはない。

それに、倒れたという女が、ＵＭＺを大量に摂取したとは、考えにくい。客にも他のスタッフにも何の問題も出ていないのに、そう考えるほうがおかしいとも言える。

何事も慎重に考えてしまう技術者としての悪い癖が出たのだと男は自分に言い聞かせた。

電話を切る前に、専務に頼まれていたことがあったことを思い出した。

「ああ、そうだ。渡した瓶で余っているものをこっちに戻してもらえませんか。急に入用になりましてね。近く、また作ります。一ケ月もあればできると思うので、それまでの間、貸しておいてほしいんです。ちなみにどれぐらい余っていますか？」

まだ三瓶ほど残っていたはずだという答えが返ってきた。

「では、二瓶を近いうちに受け取りに行きましょう」

7章　調味料

大場と若菜が作ったチラシは、予想以上に立派だった。白い紙に手書きの文字とイラストが並んでいるだけのシンプルなものだが、デザインがなかなか洒落《しゃれ》ている。まるで、代《だい》官山《かんやま》あたりのカフェの開店案内のようだ。また、若菜の文字は綺麗な楷書《かいしょ》で、それが品格のようなものをかもし出していた。明日から、ディナーで先着十人に新メニューのローズビーフを通常の半額で提供。また、ランチはドリンクが無料。特製サラダをつけるというのが主な内容だ。

定休日だったが、大場、若菜、高橋とともに朝八時に駅に集合し、改札口から出てくる客にチラシを配った。

最初のうちは、うるさそうに手を振る人に対して気後《おく》れがしていた。「よろしくお願いします」と、小さな声でしか言えなかった。だが、慣れてくるにしたがって、面白くなってきた。まず、なるべく相手と目を合わす。そこで、ニコッと笑ってチラシを差し出す。それがコツだった。

三十分ほどで、持っていた五十枚のビラをすべて渡し終えた。他の人はどうかと思って周りを見渡すと、駅前で高橋が手を振っていた。

「どうでした？　反応は」

若菜がニコニコしながら尋ねた。

「俺はあと五枚。結構、いいかんじですね」

大場だけでなく、高橋もまんざらではなさそうな表情だった。

「まあ、あまり期待してもいけないんだろうけど、手ごたえは悪くないな。じゃあ、これで解散にしよう。夕方は六時に集合ということで。せっかくだから、その後、一緒に飯でもどうだ？　いつも顔をつき合わせているメンバーだけど、たまには外でみんなでっていうのもいいんじゃないか」

あきらは、即座にうなずいた。

「新宿にでも出ますか？　渋谷とか、銀座《ぎんざ》あたりまで足を延ばしてもいいし」

「和食でよかったら、私の友達が勤めている割烹《かっぽう》が目白《めじろ》にありますけど。結構、おいしいんですよ」

若菜が言うと、大場がいたずらっぽく目を瞬いて、高橋を見た。

「いや、今日はいいよ。それより、ミラノに行きましょうよ」

「ええっ？　だってあそこってまずいんじゃないの？」

隣で若菜が不満そうに唇を尖らせた。だが、高橋がはじけるように笑った。

「実は俺もそうしようと思っていたんだ。敵さんを観察してこよう。こんなところに負けるわけにはいかないって、気合を入れるという意味でも、一度、みんなで行きたかったんだ」

「いいですね。行きましょう」

あきらもミラノキッチンに行ったことはなかった。チェーンの別店舗に入ったことはあるけれど、チェーンでも微妙に味が違うということはあるし、偵察は必要かもしれない。それに、なんだかワクワクしてくる。大場じゃないけど、これは戦争だ。

「ごっちゃんです！」

大場が右手を挙げ、高橋が苦笑を浮かべた。

「おいおい、俺は奢るなんて言ってないぞ。まあ、たまにはいいけど。じゃあ、また後でな」

高橋は明るい声で言うと、駅に向かって歩き始めた。

「私たち、マックでご飯食べて行きますけど、あきらさんはどうしますか？」

若菜が聞いてきた。

「行くところがあるからいいや。それに、なんか私が行ったら邪魔になりそうだし」

大場が顔をしかめた。

「嫌だなあ。そんなんじゃないですよ」

「そうです」

若菜が怒ったように言った。どうなんだろう。まあ、別にどっちでもよかった。それより、今日はもう一つやることがある。あきらは気持ちを引き締めると、二人に別れを告げ、駅に向かった。

新宿の小田急百貨店の地下で、焼き菓子を買った。最近、雑誌などによく出ている店で、フルーツをふんだんに使ったタルトが人気商品である。三千円。それが、適当な額かどうかは分からないけれど、ラズベリーのタルトは見るからにおいしそうだ。それに、香津子は人気店の情報をよく知っている。この店を知っていることは、ほぼ間違いないと思われた。もしかしたら、まずい店だと言い出すかもしれないけれど、勉強にはなるわけだし、近所の商店街で適当なものを買っていくよりはいいだろう。

下り電車に乗ると、シートに体を沈めた。顔がなんとなくだるかった。作り笑いを浮かべすぎたせいかもしれない。頬を手のひらでさすってみたが、だるさは取れなかった。

みゆきの話では、香津子は明日、退院らしい。だから、是非とも今日、会わなければならない。会ってから何と言うかは決めていた。

「フォローが足りなくてごめんなさい」

そう言って頭を下げるだけでいい。難しいことを言う必要はないし、香津子にも言わせる必要はない。

ただ、どんな顔つきをすればいいのか分からなかった。香津子が痩せぎすになっていたりしたら、まともに目を見られないかもしれない。

その場面を想像してしまい、顔をしかめかけた。が、とにかく会いに行くことが大事なんだと自分に言い聞かせた。これって偽善かなという思いが再び頭をよぎったが、それを無理やり頭の中から追い出した。

経堂駅に着くと、ドトールコーヒーに入ってアイスコーヒーを飲んだ。携帯で地図を検索し、病院までの道順を確認した。歩いて十五分といったところだろう。

携帯をポケットにしまうと席を立った。グラスを見ると、コーヒーは半分も減っていなかった。

思わず舌打ちが洩《も》れた。隣の席に座っていた中年女性が、驚いたように顔を上げた。彼女と目が合ったとき、もう一度、舌打ちをしそうになり、慌ててその場を離れた。

情けない。たかが見舞いに行くぐらいで、こんなふうにナーバスになるなんて、どうかしている。その理由がないわけではない。もし、狂言自殺だったとしたら、香津子の目的は花井へのあてつけなんていうせこいものではなく花井を辞めさせることにあったような気がするのだ。よく考えるとそのほうが香津子らしい。彼女の本心を確かめてみたかった。怖い気もしたけど、気になるものは気になる。

病院はすぐに分かった。中に入ると、受付カウンターには寄らず、掲示板の院内案内を確認した。病室になっているのは、四階から六階まで。そのいずれかに、香津子はいるはずだ。

カウンターに寄って、病室を尋ねてしまったら、もしかすると本人の了解を取るかもしれない。その場に母親がいたりしたら、入れてもらえないだろうから、直接病室に行く。病室の前に名札が出ているだろうから、それを確認すれば分かる。何百室もある大病院ではないから、それでなんとかなるはずだった。

エレベーターを六階で降りると、すぐ目の前がナースステーションになっていた。丸いカウンターの中で書きものをしていた中年の看護師と目が合った。あきらは、まずいなと思いながら、作り笑いを浮かべた。病室になんて簡単に入れると思ったのだが、見通しが甘かったかもしれない。

看護師はにこりともしなかった。

「お見舞いなら記帳して」

そう言うと、再び手元の書類に視線を落とした。背中ににじんでいた汗が、一気に引いた気がした。とりあえず、あれこれ聞かれるということはないようだ。

記帳ということは、名前を書くということか。

そう思ってカウンターを見ると、クリップボードが置いてあるのが見えた。近寄ると、そこに見舞客が、見舞いの相手と自分の名前を書くようになっていた。見舞客の欄の上のほうに、和賀という名前を見つけた。力強く、右上がりの文字で書き込んである。見舞いの相手の欄には娘と書いてあった。

一瞬、ヒヤッとしたが、名前の前の日付は、昨日のものになっていた。ということは、香津子の母親は、おそらく今日のところはまだ来ていない。

なーんだ、ノープロブレムじゃん。香津子に会う前に母親に追い返されてしまうという可能性はなくなった。

あきらはカウンターに菓子が入った紙袋を載せると、ペンを取った。上目遣いで看護師をうかがうと、必死の形相で電卓を叩いていた。あの様子ならば、こっちのことなんか見ているわけがないから、名前を書く必要もないだろう。一応、ペンを動かすふりだけをして、病室があると思われる方向に向かって歩き出した。急いだほうがいい。

三つ目の病室の前で、香津子の名を書いたプレートが見つかった。四人部屋のようだ。それにしても、やけにあっさりとたどり着いたものだ。昨夜、いろいろと考えたのが、馬鹿みたいだった。

大きく息を吐くと、軽くノックして扉を開けた。

香津子はすぐに見つかった。窓際のベッドから、目を大きく見開いてあきらを見ていた。ベッドはリクライニング式で、ソファにもたれかかっているかのようだ。香津子の手元には文庫本があった。本を読んでいたことに、あきらは驚いた。かなり具合はいいようだ。

あきらは、後ろ手で扉を閉めると、その場できちんとお辞儀をした。他の患者はと思って目だけで室内を見回すと、手前のベッドは空。廊下側のもう一つは、周りにカーテンを引いている。窓際の一つには人が横たわっていたが、動かないところを見ると寝ているのかもしれない。人目をあまり気にしなくてよいことにほっとしながら、香津子のベッドのそばに寄った。

「わざわざありがとう」

香津子は硬い声で言うと、頰に垂れていた髪を耳にかけ、手元のリモコンを操作した。モーターが回る低い音がして、リクライニングの角度がさらに大きくなった。

「あの、これ、つまらないものですけど」

あきらが差し出した紙袋を受け取ると、香津子は早速、紙袋に描かれたロゴに視線を走らせた。皮肉っぽい笑みが顔に浮かんだ。

「ずいぶん奮発してくれたのね、私なんかのために」

相変わらずの口ぶりだった。逆に安堵した。それによく見ると、顔の色艶もいい。もし、会わずに別れていたら、青白くやつれた香津子が背を丸めてトボトボと歩いているようなイメージを、ずっと引きずらなくてはならないところだった。

さあ、用意してきた言葉を口に出そう。

「今回のこと……。フォローできずに、申し訳ありませんでした」

香津子の表情がこわばった。ゆっくりと紙袋をサイドテーブルに置く。

「誤解しないでね。私、薬の用量を間違えただけだから」

「いえ、そういう意味じゃなくて……」

香津子の目が光った。

「じゃあ、どういう意味なのよっ」

いつの間にか、口の中がからからだ。あきらは、黙ってうつむいた。こういうのは苦手だ。なんで怒鳴られなきゃいけないのか。

「うちの母が変なことを言ったりしていないでしょうね」

一所懸命首を横に振る。

「いえ、事故だと伺ったので、大丈夫かなって」

香津子は、はき捨てるように言った。

「だけど、クビなんでしょ。母から聞いたわ。あんなことになって迷惑をかけたから、責任を取れってことでしょ。まあ、私の不注意でこうなったわけだからしようがないといえばしようがないけど、みゆきさんも冷たいわ」

やっぱり、花井を辞めさせたかったのではないか。勇気を出して彼女の顔を見た。唇を引き結んでいる。そして、両目は潤《うる》んでいる。でも、勝ち気な光はなく、諦めのようなものが漂っていた。純粋に不運を嘆いているように見える。

あきらの胸に疑問がわきあがった。もしかすると、とんでもない誤解を自分たちはしていたのではないだろうか。

「あの、香津子さん。こんなことを聞くのは失礼だと分かってます。でも、教えてください。あれは、本当に事故だったんですよね」

「当たり前じゃない」

香津子の声が高くなった。後ろのベッドで人が動く気配がして、香津子が首をすくめた。そして、あきらの顔を見据えた。

「疑っているみたいだから、はっきり言っておくわ。私は確かに心療内科にかかってた。睡眠薬ももらってた。これはそのとおりよ。花井さんが来てから、私もきつかったのよ。自分一人では耐えられないような気がしてね。でも、薬はほとんど使っていなかった。癖になったら嫌だなと思ったし、味覚に影響が出るんじゃないかって心配だったから。いわば、お守りみたいなものよ。その日、一日が無事に終わると、一錠ずつ捨てていたの」

香津子は小声で言うと、髪を再び耳にかけた。

「あの日は、翌日にテストされると思ったら、緊張してきてしまってね。とても眠れないと思ったから、一錠飲んだのよ。そうしたら、予想外に効いてしまって、あんなことになってしまって」

「そうだったんですか……」

本当だろうか。それとも、嘘をついているのだろうか。でも嘘にしてはあまりに上手すぎる。感情を隠すのが下手な人が、こんなに完璧な演技はできないのではないだろうか。

香津子は続けた。

「そうよ。それだけよ。なのに、うちの母は私が自殺未遂をやらかしたと思い込んじゃってさ。表向きは事故にしてくれって医者に頼み込んだみたい。みゆきさんから、私がいじめられていたって聞いたから、自殺しようとしたって思い込んでしまったみたいだけど、自分の娘がそんな柔《やわ》な性格じゃないって分からないものかしらね。それに、みゆきさんも、あんたたちも、結局、そう思ってるわけでしょ？」

あきらは、唇を噛んだ。どうやら、嘘ではないらしい。でも、事故だったと誰も信じてはいないし、信じさせることも難しいような気がする。

「馬鹿馬鹿しいったらありゃしない。とにかく、そういう雰囲気の店に戻れるわけもないから、クビで結構よ」

香津子はそう言うと窓の外に目をやった。

「でも、一つ残念ではあったわ。ペスカトーレには自信があったのに……。花井さんの味を再現できていたと思う。あんなの簡単よ。見返してやりたかったわ」

その言葉を聞いて、香津子が嘘をついていると思った。練習を重ねたというのは本当のことだろう。だが、花井の味を香津子が再現できるとは思えなかった。

香津子はあきらをにらみつけた。

「信じてないわね。じゃあ教えてあげる。あの人は人工調味料を使っていたのよ。私の知らない味だから新タイプのものだと思う」

あきらは、香津子の部屋で見た茶色い容器を思い出した。

香津子は意地悪そうな目つきをした。

「別に悪いことじゃないものね。でも、そんなものに頼って腕がいいっていばってるなんて馬鹿みたい。みゆきさんにこのことを言ってもいいわよ。でも彼女は知ってるんじゃないかしら。私をクビにするんですもの」

にわかには信じられない。でも確かめる必要はありそうだ。

「姉と話してみます」

できるだけ平静を装って会釈をすると、香津子がすごい目でにらみつけてきた。

「まだ、疑っているでしょう。それにどうせ無駄だわ」

香津子はそう言うと、布団の上に伏せてあった文庫本を手に取った。

テーブルの上に、大皿がいくつも並んだ。手に持っていたビールのジョッキを置く場所がないぐらいだ。

「いっぺんにこんなに持ってくるかね、フツウ?」

大場がウェイトレスの背中に向かって、勝ち誇った声で言った。

「まあ、とにかく食おうよ。量だけは十分あるようだ」

高橋が言うと、大場がククッと喉の奥で笑った。

「そっ、量だけはね」

「私が分けまーす」

花柄のチュニックに着替えてきた若菜が、かいがいしく各自にフォークとナイフを配り始めた。

香津子の言ったことをみゆきに告げる前に花井と話をしたかった。だが、彼の携帯電話は留守電だった。とりあえずミラノキッチンの料理を分析するという作業に集中したほうが良さそうだ。

シーザーサラダ、トマトとモッツァレラチーズのサラダ。ミートソースがかかったライスコロッケ、イカ墨のスパゲッティに、ペスカトーレ、サラミソーセージとオリーブのピザ、ナスのクリームグラタン。これだけ並ぶと壮観だ。このほか、メインで子牛の頬肉の煮込みと、鴨のローストを頼んでいた。高橋の提案により、この店の売れ筋と思われるものを一通り試してみることにしたのだ。

店内はほぼ満席に近かった。十代から二十代までが多いようだが、スーツ姿のサラリーマンも目立つ。見知った顔がいたら気まずいなと思ったが、幸い見当たらないようだ。

「ねえねえ、高橋さん。このビール、発泡酒じゃないですかね？　メニューには生ビールって書いてあったけど、こんなに薄いビールってないですよ」

あきらは、周囲をうかがった。客たちは、透明な壁で仕切られた小部屋にいるようで、大場の聞こえよがしな言葉に耳を傾けているとは思えなかった。

大場は左右の客席に鋭い視線を投げかけていたが、若菜がトマトとチーズを皿に取ってやると、ようやくフォークを手に取った。

高橋が苦笑いを浮かべた。

「大場、そうカリカリするなよ。喧嘩を売りに来たわけではないんだから。それより、味をしっかりとみてくれよ。今日の目的を忘れるんじゃない」

「分かってますよ。俺は単純だけど馬鹿じゃないっすからね」

あきらは、噴き出しそうになった。だが、考えてみると確かにそうかもしれない。単純と馬鹿は違う。

まずはサラダから始めることにした。なんてことはない味。次にペスカトーレ。ムール貝が冷えないうちに味見をしておこうと考えた。

ここもやはりフランスのムール貝ではなく、同種ではあるが国産のムラサキ貝を使っているようだが、それは値段を考えるとしようがないだろう。ただし、イカがおそらくは海外産の冷凍モノで、のっぺりとした歯ごたえだった。ソースを口にしたとき、勝ったと思ったが、平凡な味だ。多めに使ったと思われるニンニクとオリーブオイルでごまかしてはいるが、魚介の滋味がどこか薄っぺらい。

四人はしばらく黙々と食事を続けた。食器とナイフ、フォークが触れ合う音が、耳についた。

一通りの料理を試すと、高橋が柔らかく笑いながら、三人の顔を見回した。

「何一つ、ウチが劣っているところはないよな」

「値段以外はそうだと思います」

あきらが言うと、大場も茶色い髪の毛を振りたてうなずいた。

「値段だって、コストパフォーマンスを考えれば、余裕ですよ」

そう。本当にそうだと思う。

「ただ、やっぱり新しい店だから、テーブルとか椅子とかは綺麗ですよね。オシャレなかんじではあるし」

若菜が遠慮がちに言うと、大場が膨《ふく》れた。

「オシャレとかって、しゃらくさくないですか？　尻がかゆくなりますよ」

「まあ、でもそれが、若い人には受けているわけだからな。確かに、若菜の言うとおり、その点はウチの負けだ。まあ、だいたいのところは分かったな。コーヒーでも頼むか？」

「ああ、いいっすよ、コーヒーは。どうせ、泥水みたいな濃いヤツが出てきますよ」

椅子の背もたれにふんぞり返った大場の背後から、背の高い男が現れた。ホール係の格好はしているが、これまで料理を持ってきた、どう見てもアルバイトの女子高生とは、明らかに顔つきが違った。

男は皿を下げながら、高橋に向かって言った。

「コーヒーはサービスさせていただきますよ。紅茶のほうがよろしければ、そのようにします」

高橋の顔に緊張が走った。それを楽しむように、男は低い声で笑った。

「同業者の方でしょ？　すぐに分かりますよ。一皿ずつ、いろんなメニューを大量に頼むっていうのは、普通の客は滅多にないですから」

高橋が言葉を発する前に、大場が口を開いた。

「いやあ、すごい店ですね。値段が」

「大場君っ」

あきらは大場をにらんだが、大場は構わずに続けた。

「今度、ウチの店にも来てくださいよ。どうせ、下調べはしてあるでしょ？　ミヤマっていう店なんですけどね」

皿をテーブルから盆に引き上げながら、男がにやっと笑った。

「ああ、あそこね。最近、休みが多いから、つぶれたんじゃないかってうちのスタッフが心配していましたよ。それに、こう言っては申し訳ないですけど、ウチは近々、ますますパワーアップする予定ですよ。おっと、これについては、まだ詳しいことは言えませんが、おたくらも覚悟しておいたほうがいい」

大場の目の色が変わった。その瞬間、隣に座っている高橋が体を動かした。大場は小さく声を上げて、高橋を見た。高橋が、テーブルの下で大場を蹴《け》ったらしい。

「コーヒーは結構です。我々はこれで引き上げますから。ご馳走様でした」

男は、笑みを浮かべたまま、軽くうなずくと、背の高さを強調するように、姿勢正しく歩き去った。

「ちぇっ、どうせなら、ここで決着をつけてやりゃあよかったのに」

「なんの決着をつけるっていうの。大場君、無意味に熱くなりすぎ」

あきらが言うと、若菜も同調した。

「そうよ。それじゃあ、単純なうえに馬鹿でしょ」

「こら、なんだよ、それ」

いきり立つ大場を無視するように、高橋が伝票を手に取った。

「さあ、もうここには用はない。口直しに店に戻ってコーヒーを飲まないか？」

「ああ、それ、いいですね」

あきらも腰を上げた。若菜も言う。

「ビラ配り作戦を含めて、作戦会議ってことにしましょう」

大場だけが、男が去った方向をいつまでもにらみつけていた。

「ほら。この中で、一番おいしくコーヒーを淹《い》れられるのは大場君なんだから」

若菜に促されても、大場はぶつぶつ言っていた。

「あのうどの大木の態度は絶対、許せねえ」

うどの大木というのは、背の高い人すべてではなく、ぼうっとしたかんじののっぽを指すのだと教えてやろうかと思ったが、面倒くさいのでやめた。

店の前まで来ると、四人は顔を見合わせた。黒板は当然ながら出ていないが、電気がついていたのだ。

「みゆきさん、今日、こっちに来ていたんですか。テレビ取材の用意とかがあるから？」

若菜が尋ねた。そんな連絡は受けていなかった。

「お姉ちゃんから、何も聞いていないけど。それより、花井さんかもしれないね」

高橋が首を横に振る。

「花井さんには一応、昼に電話してみたんだ。今晩、ミラノにみんなで偵察に行くから、花井さんも来ませんかって。あの人、今夜は都内で人と会う約束があるそうだよ」

なるほど。だから電話がつながらないのか。花井でないなら、みゆきが来ているのだろうか。一瞬、空き巣かもしれないと考えたが、空き巣だとしたら、煌々《こうこう》と電気をつけて作業をしているはずがない。

玄関の鍵はかかっていたが、裏口は開いていた。一階は静まり返っているが、二階で物音がする。しかも、かなり慌《あわただ》しい音だ。

高橋が、眉をひそめた。

「誰だろう……」

「上がってみりゃ分かるでしょ?」

大場はそう言うと、軽快な足取りで階段を上っていった。

「ったく、あいつには警戒心ってもんがないのかよ」

高橋が慌ててその後を追う。

「若菜ちゃんは、しばらく下にいて。何かあったら、警察に電話ね」

若菜が、不安そうに胸の前で手を組み、うなずいた。

階段を上りきると、高橋が大場の腕をつかんでいた。高橋はあきらに向かっても、指を唇の前で立ててみせた。

物音は男子控え室のほうから聞こえてくる。ロッカーを開け閉めする音。かなり苛立った様子だ。自分の作業に没頭しているためか、二階に人が上がってきたことに気がついた様子もない。

高橋の喉仏が大きく動いた。

「大場はその場を動くなよ。あきらちゃんも、下がっていろ」

高橋はそう言うと、キッチンの流し台から包丁を取り出した。あきらの背筋を冷たいものが走った。大場が、唇を半開きにして、目をむいた。

「や、やばいっすよ、それは。シャレにならねえ」

大場がかすれた声で言ったが、高橋は険しい表情のまま包丁を手に、男子控え室の前に立った。

「花井さん、そこにいるんですか?」

高橋の声は震えていたが、不思議とよく通った。

室内の物音がぱたりとやんだ。大きな舌打ちが聞こえたかと思うと、扉が開いた。花井が現れたその瞬間、大場がへなへなと床に座り込んだ。あきらも、座り込みたいぐらいだったが、花井の様子が気になった。昨夜、店を出るときと比べて、まるで別人のように顔色が悪かった。目は赤く、肩を丸めているせいか、一回り小柄に見える。

「なんだよ、もう!」

大場が大声でぼやく。

「それはこっちの台詞だろうが」

花井は、無精ひげに覆われた顎を撫でながら不機嫌な声で言った。そして、ぎょっとしたように体を引くと、高橋の顔をまじまじと見た。

「その物騒なものはなんだ？」

「あ、いや、すみません。一応、念のために。空き巣かもしれないと思ったので」

「ったく、しようがねえな」

高橋はすみませんといって頭を下げると流し台へ向かい、包丁をしまった。花井の様子が妙なのが気になったが、あきらはとりあえず階下に声をかけ、若菜を呼んだ。若菜の明るい返事が返ってきて、少し気持ちが和《なご》んだ。

「それより、何してたんっすか？」

大場がヤンキー座りのまま、控え室をのぞき込むようにした。そう。そのことも気になっていた。花井の体越しに見える控え室は、惨憺《さんたん》たる有様だった。個人用のロッカーは開け放たれ、乾物や調味料などのストックをしまってある棚もぐしゃぐしゃだった。普段は、段ボール箱や缶やら瓶やらが、整然と並んでいるのに、一部は床に広げられている。

花井は、乾燥して白っぽくなっている唇を舐めると、目をひゅっとすがめた。その場の空気が一瞬にして冷えたような錯覚を覚えた。

「誰か俺のロッカーに触っただろ」

押し殺したような声だった。あきらたちは、探り合うように互いの顔を見た。

「何かなくなったんですか？」

花井は大場に答えようとはしなかった。だが、花井の血走った目は、「そのとおり」と言っていた。

昼間、香津子が言っていた調味料。花井が探しているのは間違いなくそれだ。

心臓がぎゅっとしめつけられるような気がした。

高橋が、静かに口を開いた。

「花井さんの勘違いということはありませんかね？」

そうじゃないと心の中で叫ぶ。

高橋は気がつかないのだろうか、それとも、気がついているけれど、あえて勘違いとして片付けようとしているのだろうか。

あきらは、花井を見た。二人だけで話がしたい。花井は、あきらの目の中にあるものを読み取ったようだ。目をすがめたまま、瞬いた。

その場の空気をかき回すように、大場が立ち上がった。

「ひどいですよ！　花井さん。俺らを疑うなんて」

若菜が大場の腕を引っ張った。

「大場君、下に行こう。私たち、下を片付けてきますね。厨房もとっちらかっていたみたいだから。明日、テレビが来るからきちんとしておかないと」

ナイスフォロー。あきらは、若菜に感謝しながらうなずくと、高橋にも目配せをした。高橋は考え込むような表情になったが、花井が食い入るようにあきらを見ていることに気がついたようで、「そうだな」と言うと、階段に向かった。

「おい、大場、行くぞ」

ありがとうございます、と心の中で手を合わせる。

「ったく、ワケ分からねえ」

大場は大げさにぼやくと、若菜に急《せ》き立てられるようにして階段を降りていった。足音が遠ざかると、あきらは、花井にテーブルに着くように頼んだ。花井は素直にそれに従うと、肘をテーブルにつき、手を組んだ。赤い目がまっすぐにあきらを見つめた。

「何を知っているんだ?」

あきらはひどく動揺した。おびえのようなものが、花井の目に浮かんでいたからだ。不安。それは、これまでの花井からは、全く感じ取れなかったものだった。いつも傲岸でえらそうで尊大で。だが、今の花井は、何かすがるものを探しているようにも見える。

うわっ、それが私かよ。勘弁してくれ。

汗が吹き出してきたが、花井はもう一度、同じ台詞を口にした。あきらは覚悟を決めた。

「今日、病院で香津子さんに会ってきました」

花井の目が、不安そうに揺れた。

「明日、退院だとか言ってたよな」

「はい」

「その……。彼女の様子は？」

「元気そうではありました」

あきらは、そう言うと、背筋を伸ばした。

「彼女、あれは事故であり、自殺未遂ではないと言ってました。お母さんが、自殺未遂だと思い込んでいるようだし、店のみんなにも誤解されているだろうって、憤慨していたわ」

「そうか……」

「あと、もう一つ」

あきらは、そう言うと、目を凝らした。花井の表情の変化をほんの少しも見逃したくなかった。

「花井さんのペスカトーレの味を再現することに成功したと彼女は言っていました」

花井の喉仏が大きく動いた。表情は動かない。だが、動かすまいとしていることが、あきらにははっきりと分かった。

「彼女が、花井さんの調味料を何か持ち出したんですね」

花井は、眉間に深く皺を寄せた。

「彼女がそう言ってました、隠しても無駄ですよ」

花井の小鼻が膨らんだかと思うと、大きな拳がテーブルに振り下ろされた。木製のテーブルは、意外と軽い音を立てた。

「これって、何かまずい気がしませんか？　彼女、薬を余計に飲んだわけではないとしきりに言っていました。嘘だろうと思っていましたけど、もし、別の要因が考えられるとしたら、話は別です」

花井は何も答えない。拳に視線を当て、何かを堪《こら》えるように、体をこわばらせている。

「花井さん、その調味料って、いったいナンなんですか？　たとえば、私は経験ないですけど、中華料理なんかで人工調味料を取りすぎると、舌がしびれたり、気持ち悪くなる人っていますよね。あれって、科学的根拠がないって言う人もいますけど、本当かどうかなんて分からないわ。何か変なものじゃあないんですか？　彼女は、熱心にペスカトーレを作る練習をしていたでしょ？　その調味料をたくさん摂取していたかもしれないんじゃないですか」

花井はようやく顔を上げた。

「適当なことを言うな。だいたい、香津子が俺のアレを使ったっていう証拠は……」

「まだ持っていると思いますよ。茶色い容器に入っているでしょう」

花井が肩を落とすのを見て、あきらは、自分がひどく強くなったような気がした。花井は弱々しい声で言った。

「確かにあんたの察したとおりだ。俺は、特殊な調味料を使っていた。ただ、それについて詳しいことを話すのは勘弁してくれないか。今後は絶対に使わないと約束する」

角刈りの頭が、あきらの目の前ににゅっと突き出された。芝生のような頭から、哀しみと怒りがごちゃ混ぜになって、滲《にじ》み出てくるようだ。

こんなことで、手仕舞いにできるはずがない。どんな調味料だか知らないが、それを振り掛ければ味がよくなるだなんて、人を馬鹿にしている。えらそうなことを言っていたくせに、結局は、魔法の粉みたいなものに頼っていたわけじゃないか。

そんなふうに思う一方で、今、花井を失うわけにはいかないとも思った。

ミラノキッチンに押しつぶされるように、消えてなくなるのは嫌だ。この店で、自分は料理人としてやっていこうと決めた。その思いは今も変わらない。ずるいのかもしれないけれど、自分だって想いというものがあり、横槍《よこやり》を入れられるのは嫌だ。

深呼吸をして、気持ちを落ち着けた。

「一つ聞かせてください。ローズビーフにもその調味料を使っていたんですか?」

花井の目の光が一気に増した。

「それは違う。あれは、俺が昔、使っていた肥育業者から取り寄せたものだ。使っていたのは……」

「ペスカトーレですね」

あきらが言うと、花井がうなずいた。

だから、宣伝されることをあれほど嫌がったのだ。花井の態度の奇妙さが、ようやく理解できた。

あきらは、普通のペスカトーレとの違いを知らない。食べていないからだ。だが、寛は何かを感じ取っていたようではあった。専門家と呼ばれる類の人に、あの料理が触れる機会を避けたかったのだろう。

「そのほかは？」

花井の顔が歪んだ。再び、芝生みたいな頭が、あきらの目の前に突き出された。

「これからは絶対に使わない。それで勘弁してくれ。あの調味料については、しかるべきところに注意喚起もしておく。この点については信用してくれ。そして、今日限りで、この店を辞めさせてもらうよ」

花井はそう言うとしばらく頭を下げていた。

「それは困ります。だって、これからミラノキッチンを巻き返さなきゃいけないんだから、花井さんにはいてもらわないと」

花井がふっと目元を緩めた。

「だが、みゆき女史がこの話を聞いたら、ひどいことになるぜ。俺は嫌だね、あの人のヒステリーに付き合わされるのは。こっちが悪いとはいえ、たまらない」

あきらは、覚悟を決めた。

「姉にも黙っていましょう。明日はテレビが来るんですよ。その前に、ゴタゴタするわけにはいかないです」

花井がぎょっとしたように目を見開いた。

「テレビに俺、出るわけ？　そんな場合じゃないだろう。それより、黙っているなんてできるのか」

あきらは、ありったけの気持ちを目に込めてうなずいた。

「だって、ウチ、このままじゃつぶれます。ミラノは、おいしくはないけれど、まずくはなかった。それに、あの安さは魅力です。正直言って、ウチは分が悪いと思う。今日、ミラノに行ったとき、みんなそのことは分かったと思う。でも、誰一人として落ち込んではいなかったです。それどころか、むしろやる気になったというか。大場君じゃないけど、喧嘩したい気分なんです。私も、たぶん、高橋さんも」

ひどいことを言っているのだろうか。香津子があんな目にあったというのに、店のことを優先するなんて。でも、花井は調味料の由来を知っているようだし、香津子のことを知り、こんなにも怯えているのだから信用もできると思う。それにどうしても店を続けたかった。

「あのローズビーフは、本当においしかったし、それに坂田さんたちみたいに応援してくれる人もいるわけですよね。私にはまだ料理の難しいことは分からない。業界のことだってよく分からない。でも、うまいものはうまい、まずいものはまずい。結局、それだけのことだと思うんです。そして、おいしいものを出していれば、必ず分かってくれる人はいると思う。たぶん、私の考え、甘いです。子どもっぽいです。でも、それでいいんです。だって、そうじゃなきゃ楽しくないですもん。ベストを尽くす、勝敗は時の運！」

自分でも何を言っているのか、よく分からなくなってきた。まるで自分のものではないように舌が滑《なめ》らかに動く。

みゆきがなんていうかなんて、知ったことじゃない。やりたいからやる。やるべきだと思うからやる。

ふいに、父の顔が脳裏に浮かんだ。父は、呆れているようであり、笑っているようでもあった。

「ね、花井さん、頼みますよ」

花井は、まるで空を見上げるように天井を見上げた。おそらく彼の視界に入っているのは古ぼけた蛍光灯だけだ。だが、花井は何か別のものを見ているようだった。

「とりあえず、動いてみるわ。変なものだったら、責任あるわけだしな」

花井が何をしようとしているのか、よく分からなかったが、とにかく辞意は撤回してくれたようだ。

「頑張りましょうね、明日」

花井が苦笑した。

「なんだか、大場みたいなことを言うな」

単純だが馬鹿じゃない。それなら上等である。あきらは声を上げて笑った。


男はいつまでたっても現れない相手を待っていた。何度電話をしても、留守番電話が応答するばかりだ。

男がいるのは、酒とコーヒーを出す気軽なチェーン店だ。深夜に近づいているというのに満席に近い。人いきれと煙草の煙で気持ちが悪くなってきた。

メールチェックでもしようかと思って携帯を手にしたとき、タイミングよくそれが鳴った。待ちわびた相手からだった。男は携帯を手に、店から出た。

「いったい何をしているんですか」

相手は不敵なかんじで笑った。不敵なのに、妙にサバサバとした口調だった。

男は相手から告げられたことを、にわかには信じられなかった。信じたくはなかったのかもしれない。

「俺はこれで手を引かせてもらう。ヤバイことに巻き込まれるのは嫌だからな。ヤバイと決まったわけじゃないが、慎重になったほうがいい。安全性を確かめるんだ。上層部にもそう伝えろよ。妙な動きをしたら、黙ってはいないぞ」

「しかし……。まあでもあなたの言うことに一理はありそうだ。上に伝えよう」

「よかったよ。あんたが話の分かる男で。もらった金は、なんとか工面して返すわ。あんたから、専務や社長にそう言っておいてくれ」

「そんな……。第一、そんなことができるんですか。それにこの国の人たちは、本当にうまいものなんか分からないんですよ」

相手は再び笑った。

「俺もそう思っていたんだがな。世の中、そう捨てたものじゃないかもしれない。少なくとも、そう思い込んでみたいという気にはなってる」

「また落胆するのがオチですよ」

皮肉をこめて言うと、男は低い声で笑った。

「ま、そうかもな。それでも構わんよ。十人に一人でも分かってくれる奴がいるなら、俺はそれで構わないね。まあ、貧乏はするかもしれんが、それはそれですがすがしいかもしれん。あんたも……」

男は思わず、相手を遮っていた。

「気楽なことを言うな」

無性に腹が立った。相手はしばらく沈黙していた。その後、低い咳払いが聞こえてきた。

「ああ、そうそう。例のブツは、俺が保管しておく」

電話はそこで切れた。男は携帯を手に、しばらく呆然とその場に立ち尽くした。

だが、このままではいけないと気がついた。報告をしなければならない。重い気分で専務の番号を検索した。

「困ったな」

専務はしばらく黙りこんだ後、決断を下した。

「とりあえず、あるだけのＵＭＺを例の店に回す。君は量産体制作りを進めてくれ。もう遅い。今日はタクシーで帰りなさい。私が許可するから」

「しかし……」

「まあ、そう堅苦しく考えないことだよ。新社長も、それでオッケーを出すはずだ」

「でも、もしかしたら安全性が……。慎重になったほうがいいです」

「そう。安全性を示すデータを作成することも明日からの君の任務だ。もう動き出しているんだ。止められないよ」

専務は、高テンションのまま、電話を切った。

一気に疲れが押し寄せてきた。どうすればいいのか分からない。赤い空車ランプをつけたタクシーがやってくるのが目に入った。

8章　実験台

テレビカメラを担いだ男が、邪魔だと目で告げた。

あきらは、こそこそと奥のテーブルへ戻った。

窓際の一番いい席で、相原玄太がふんぞり返っている。薄くなった銀髪を櫛目が分かるほど丁寧にとかしつけ、蝶ネクタイを結んでいる姿は、料理評論家というより、落ち目のタレントを思わせた。テレビで見るより、汚らしい。芸能人って、こんなものだろうか。いや、芸能人ではなく、料理評論家なのだが。

みゆきは、満面の笑みを浮かべて、相原と名刺を交換した後、しきりと相原に話しかけていた。だが、相原には愛想というものが、ひとかけらもなかった。むしろ、横柄なかんじだ。店の中をじろじろと眺め回す様子など、鼻持ちならなくてしようがない。

相原は、花井に対しても、極めてぞんざいな態度で接した。取材に乗り気だったという、寛の言葉が、信じられないぐらいだ。

ところが、リハーサルが終わり、本番のカメラが回り始めた瞬間、相原はいかにも人のよさそうな笑みを浮かべた。まるで、スイッチが入ったようだ。これにはみゆきもさすがにむっとしたようで、壁際で腕を組み、成り行きを見守っている。

大場と若菜の姿はなかった。二人は今日も駅前にビラ配りに出ている。せっかくだから、ロケを見ればいいのにと誘ってみたが、興味はないと断られた。そこまで頑なにならなくてもいいのにと思うが、彼らなりの意地なのかもしれない。高橋も厨房にこもりきりである。

そのとき、花井がローズビーフの皿を手に、ホールに入ってきた。リハーサルどおりだった。料理について簡単な説明をすることになっているが、緊張している様子もなかった。

「ほほう、これは美しい、まるでバラ。バラじゃありませんか！」

相原が大げさに目をむくと、皿をのぞき込んだ。小指を立てて、肉を一切れ切り取ると、それを目の前に掲げ、感に堪えないといったふうに、首を振った。

「ううむ。この香ばしい匂い。なんとも言えないですね。食欲を刺激する」

わ、わざとらしい……。

演技だとしか思えなかった。なんだか、腹が立ってくる。馬鹿にされたような気分で、不愉快だ。でも、テレビの前の視聴者にとっては、アピールになるだろう。大場がこの場にいなくてよかった。

相原は、フォークをやけにゆっくりと口に運んだ。目を閉じ、味わうように口を動かす。そのとき、相原の顔に一瞬、意外そうな表情が浮かんだ。見間違いかと思った。だが、肉を味わうように、口元をゆっくりと動かすに従って、その表情が、活《い》き活きとしたものに変わった。

素直に誇らしかった。相原は尊敬できるような人じゃない。でも、著名な人間を唸《うな》らせたというのはすごいことだ。しかも、それが、テレビでお茶の間に流れる。これは、れすとらんミヤマにとって、歴史的な一日になるのではなかろうか。

「これは……。トレビアン、素晴らしい。肉が肉そのものとして食される。肉として最高の栄誉。塩はシチリア産かな?」

相原が傍《かたわ》らに立っている花井を見上げた。カメラが花井のほうを向く。

「はい。左様でございます」

「肉は岩手牛ということだけど、もうちょっと具体的に教えて。どういうものを使っているのかな?」

花井の表情が曇った。

先ほどのリハーサルでは、この質問はなかった。アドリブというやつだ。だが、そういう質問が出るということは、相原にとって、花井のローズビーフが予想以上のものであった証拠に他ならず、喜んでもよいはずだと思うのだが、花井は、ぶすっとした声で言った。

「それはちょっと……。勘弁してください」

相原は一瞬、眉を寄せ掛けたが、カメラの前であることを思い出したように、大口を開けてわざとらしく笑った。

「企業秘密、というわけですか。これはまいったな」

花井はそれでも表情を変えなかった。愛想笑いが似合わない人ではあるが、それにしても空気が読めないものか。

それから相原は、肩をすくめると、ローズビーフについて薀蓄を語り始めた。そして、収録は終了となった。

カメラのライトが落ちると、早速、相原が花井に嫌味を言った。

「ああいうときは、せめて冗談めかして答えてくれないと。印象、悪いよ、お客さんの」

「はあ……」

「でも、取り直しはしないから。僕は忙しい身なんでね」

これは、テレビ局のスタッフに向かっての言葉のようだ。

花井の顔に冷ややかな笑みが浮かんだ。

「必要ないと思ったから、言わなかっただけですけど。ブランド牛じゃないし」

「でも、何か特別な育て方をしているんだろう？　最近では、ブランドじゃなくてもオーガニックの飼料を使っているとか特別なことをしていれば、それが売りになる」

「ふん、オーガニック、ですか。土に触ったこともないような、頭でっかちの自称グルメに、オーガニックを語ってもらいたくないですね」

相原の頬がさっと紅潮した。

なんてことを。どうしてここで喧嘩を売る必要があるのだ。案の定、みゆきは、泣き出しそうな顔をしている。

でも、平然としている花井の前で、相原が怒りで体を震わせている様子は、胸がすくような光景ではあった。どうせなら、もっと言ってやれ。内心、はやし立てたが、相原のほうが花井より先に口を開いた。

「君は、私を馬鹿にしているのかねっ！　だいたい君は……」

相原はそこで口をつぐむと、花井から目をそらせた。コップに半分ほど残っていた水を一気に飲み干すと、「不愉快だ」と吐き捨て、ナプキンで口元をぬぐった。

「相原さん申し訳ありません。花井さんっ……」

みゆきが、おろおろと声をかけた。目が泳いでいる。気持ちが体から離れて散り散りになっているというかんじだ。だが、花井は動じる様子もなく、相原をはじめとするスタッフらに礼儀正しく頭を下げると、ゆっくりとした足取りで厨房に引き上げていった。

ディレクターと名乗った男が、相原のもとに駆け寄った。

「先生、申し訳ありませんでした。ひどい男ですね」

相原は威厳を取り戻すように、咳払いをした。

「まあ、ああいう頑固シェフはよくいるよ。自分一人の力で、売れると思ってるんだろ。僕に言わせりゃ、昭和の男だね。いまや平成。つまり、情報の時代なんだ。マーケティングや広告宣伝がなけりゃ、流行の店にはなれないよ」

流行の店になることに意味があるのか？　そんなことより、もっと楽しいことが、料理人にはあるだろう。

まあしかし、使えるものは使ったほうが得ではある。相原に嚙み付くようなことはやめておいたほうがいい。ミラノに簡単に勝てるとは、思わないほうがいい。

「先生、この店、本当に取り上げる価値があるんですか？　ストックがありますから、ボツにしてもいいんですよ」

ディレクターがおもねるように相原に言った。相原は、唇を引き結んでいたが、「いや、予定通りにやってくれ」と言い残し、席を立った。みゆきがすかさず駆け寄ったが、相原は彼女を振り払うようにして店を出ると黒塗りのハイヤーに乗りこんだ。

それを潮に、テレビクルーも、三々五々引き上げ始めた。彼らが去った後のホールにはまるで、台風の後のような静寂《せいじゃく》が訪れた。

みゆきとあきらは顔を見合わせた。

「なんだか妙な具合になったわね」

「でもまあ、放送してくれるんだから、いいんじゃない?」

「まあね。それより、あんたなんか変わったわね。打ち合わせのときも、花井さんとやたらと仲がよさそうだったじゃない。何かあったの?」

「いや、別に」

確かに、昨日はいろんなことがあった。そのうち落ち着いたらみゆきにも話そう。でも、今はほかに伝えたいことがあった。

あきらは、みゆきに笑いかけた。

「お姉ちゃん、働くって楽しいことだったんだね」

みゆきが、埴輪《はにわ》のような顔をした。


番組は予定通り、三日後に放送された。テレビの威力はすごいと改めて思った。ネットの比どころじゃない。

店の前は長蛇の列となり、ランチもディナーもひっきりなしに客が訪れた。ローズビーフは一日三十食の限定となったが、それは店の前の黒板やチラシで周知してあったため、特にトラブルもなく、ひたすら忙しい毎日となった。

朝、店にやってきてから、夜、帰宅するまで、緊張の連続。気持ちの休まることなんか一瞬たりともなかった。それは、あきらばかりでなく、他のスタッフも同じだった。花井はホールで接客する余裕などあるはずもなく、ホールには急遽《きゅうきょ》、アルバイトを雇った。少々、トロイところのある女子大生二人である。ただ、二人とも接客経験は皆無ではなく、若菜が彼女らをなんとか使いながら、切り盛りをしてくれていた。

騒ぎが落ち着いたのは、一週間ほど経ってからだった。

花井は昼休み、二階のテーブルに皆を集めると、「これからが本当の勝負だ」と言った。

「チラシ、もっと撒きましょうか？　ここで一気にダメ押しをしちゃいましょうよ。それにまだミラノの前で配ってないですから。俺、それやりたいんですよね」

大場が意気込んで提案した。

「紺野君に取材してくれるように頼みましょうか？」

あきらも提案してみたが、花井は首を横に振った。

「認知度は十分に高まった。宣伝は当分の間は必要ないだろう。これから俺たちがやるべきことは、二度目に足を運んでくれた人を満足させることだ。そのためにはローズビーフ以外の通常のメニューのレベルを上げなきゃならない」

「それはそうですね」と高橋がうなずく。「僕もそう思っていました。何かもっと気軽に食べられるもので、看板になるようなものがあるといいかなと。それで思ったんですが、前に評判だったペスカトーレ。あれを出すようにしたらどうでしょう。素晴らしい出来だったと思うんです。あれ以来出していないけど、埋もれさせてしまうのにはもったいないと思います」

「ああ、そりゃいいかもしれませんね。なんだかよく分からないけど、人気があったことは確かだし」

大場も身を乗り出す。あきらは、花井の表情を窺った。あのペスカトーレは出せない。何かよく分からないものが混ざったものを、ミヤマの看板メニューになんかできない。花井だってそのことはよく分かっているはずだ。

だが、花井はうなずいた。

「それがいいと俺も思ってた」

「花井さん!」

思わず声を上げていたが、花井は不敵なかんじで笑った。

「ただし、前よりもうまいヤツを作る。同じものは出さない。料理は常に進化するものだからな」

大丈夫だ、俺を信じろ、おかしなことは絶対にしないと花井の目は告げていた。信じていいのだろうか。少し迷ったが、乗りかかった船だ。信じないでどうする。

あきらはこくりと首を縦に振った。

「作り方は教えるから、お前が作るんだ」

「ええっ？　だって、ローズビーフもあるし、まだ基本ができていないし」

また無体なことを言い出す。

憤慨しかけたが、花井の目の中に決意のようなものが垣間見《かいまみ》えたような気がして、あきらは口をつぐんだ。

「ベストを尽くす、勝敗は時の運！」

花井はそう言うと、仕入れ業者の見直しをしたいのだがといって、高橋に話しかけた。

そのとき、階下から慌しい足音が聞こえてきた。若菜が息を切らせながら、顔を出した。アルバイトの女の子の一人とコーヒーを飲みに行くと言って出て行ってから、まだ十分ほどしか経っていないのに、何があったのだろう。

若菜は相当の距離を走ってきたのか、顔が真っ赤だった。

「これ、見てください」

若菜はそう言うと、手に持っていたピンクのチラシをテーブルに置いた。

ミラノキッチン、明日よりスペシャルフード週間！

究極のペスカトーレがなんと四百円！

派手な文字が、黒々と躍っていた。

「四百円か……。これはまた、すごいことになってきたな」

高橋が心配そうな表情で花井を見た。花井は、食いつきそうな表情を浮かべて、チラシを見つめていた。体が小刻みに震えている。

「ちょうどいいじゃないっすか、ペスカトーレで戦争ですよ」

大場だけがやけに元気だ。だが、さすがにあきらも、そこまでは暢気《のんき》に考えられなかった。

どんなに安くしたって、八百円以下の値をつけることはできないだろう。よりよい食材を使うとなると、コストが跳ね上がるから、八百円でもかなり厳しそうだ。千円となってしまったら、値段が倍以上も違うことになる。同じメニューで、二倍以上もの差があったら、太刀打ちできるわけがない。

しかも、「究極の」と銘打っているからには、味もそれなりに調《ととの》えてくるだろう。

「花井さん、ペスカトーレじゃないものにしませんか？　たとえば、カルボナーラとか。花井さんの懇意にしている肥育業者から、ベーコンを仕入れたりできませんかね」

あきらは言った。

「以前、入れた生ハムをパスタに使うという手もありますよ。あれは一品でもおいしかった。高級感も出るし、今なら量も出るだろうから、ロスもそんなに出ないのでは」

高橋も言う。

花井の肩に力が入るのが分かった。

「ペスカトーレでやるといったら、ペスカトーレでやる」

叩きつけるような激しい口調だった。その場の空気が、動きを一瞬止めたようだ。数秒の沈黙の後、高橋が口を開いた。

「分かりました。でも、なんだか気になりますね。なぜ、そんなメニューを今、出してくる必要があるんでしょうか。あそこは経営基盤がしっかりしている大手だ。ウチなんかをつぶすために、そんなことをするとも思えないんですが」

「とりあえず、食いに行ってやりましょうよ。明日のランチはそれで決まりですね」

「まあ、そうね。行ってみたほうがいいかもしれない」

花井が低い声で言った。

「その必要はない」

「だけど……」

大場が口を尖らせると、雷が落ちてきた。

「そんな暇があったら、自分の仕事をきっちりとやることった。大場、お前、ちゃらちゃら浮かれてるんじゃねえよ」

花井はそう言うと、大きな音を立てて椅子を引いた。

「さあ、そろそろ準備に入ってくれ」

花井と二人で話をしたかった。だが、花井の体からは周りのものすべてを拒絶するようなオーラが立ち昇っていた。

「俺はちょっと出てくる」

花井はそう言い残すと、部屋を出て行った。

「なんなんっすかね？」

大場が首をひねる。それは、みんな同じ思いだ。口に出してまで言うことじゃないだろう。あの調味料に関係することだろうとは思うが、その件については花井を信じることに決めたのだ。

「さあ、準備をしよう。今日も忙しいだろうから、気を抜けない。ここでゴタゴタしていてもしようがないよ。お客さんは、やってきてしまうわけだからね。あきらちゃん、ペスカトーレの基本、教えておこうか？　花井さんのやり方もあるだろうけど、一応、基本ってものはあるから」

高橋が言った。

そうだ。とりあえず、ペスカトーレを作ると決まった以上はやるしかなかった。

「はあ。でも……」

花井が怒るような気がする。

「あ、俺、味見役を引き受けますよ」

「大場は、前菜の準備があるだろう」

「手が空いたらって意味ですから。それに、俺、花井さんのペスカトーレはたいしてうまいとも思えないんですよね。高橋さんのレシピでやったほうがいいんじゃないですか？食材をちょっとよくして。高橋さんのレシピっていうより、小埜さんとか、先代のレシピっていう意味ですけど」

「この店のペスカトーレの本来のレシピは特別なものではないよ。ごくオーソドックスなものだ。花井さんのレシピでやったほうがいいように思うけどね」

「だって、あれ、うまずいんだもん」

　高橋が顔をしかめる。

「なんだそりゃ？」

　そのとき、あきらは思い出した。

　そういえば、以前にも大場はそんなことを言っていた。大場の味覚は、花井が使った正体不明の調味料を検出できたということだろうか。

「なんかこう、まとまりが悪いかんじがしたんですよ。でも、食べたいとは思うんだな。だから、まずいとも言えないんですけど、花井さん独特の味付けなのかなあ」

　そう言いながら、大場は首をひねった。あきらは、はっとした。

「ほかにも同じような味のものがあったの？」

「いえ、そうでもないんですけど……。というか、一瞬のことだったんですけど」

「なんでもいいから話して」

「はあ。テレビが来る前のことですけど、サラダのドレッシングを三種類、選べるようにしようという話がありましたよね。あの中で、サウザンアイランドドレッシングが、うまずいかんじだったんですよね。あ、でも、それは何日かのことで、すぐに前の味になりました。というか、うまずいドレッシングは花井さんが作っていたんですけど、すぐ飽きちゃったみたいで、俺に全部作れと言い出したからですけど。その二つ以外は、うまずいと思ったものはありません」

大場はきっぱりと言った。

とりあえず、例のものを花井は、今は使っていないということだ。

「しかし、うまずいってなんだよ？　具体的に例をあげてみろ。発酵食品とかそういうかんじか？」

高橋が言うと、大場は首をひねった。

「くさいってわけでもないんです。たとえば、香料がきつい外国の飲みものとか、ああいうかんじですよ。あれって、決してうまくはないけど、たまに飲みたくなりますよね。病みつきってかんじです」

「分かるような、分からんような話だな。でも、分かる気もする」

あきらも、それには同意だった。

「まあいいや。やっぱり花井さんに教えてもらうか。あの人がシェフだしな」

高橋の言葉にあきらはうなずいた。

「それと、大場。花井さんに向かって、花井さんのペスカトーレはうまずいとか言うんじゃないぞ。それって、かなり失礼だからな」

「さすがに俺だって、そんなこと分かってますよ。あきらさんが、ネチネチ聞くから」

大場はそう言うと、大きく伸びをした。


その夜は、比較的、客の入りが悪かった。そのうちの一人が、ペスカトーレを注文した。花井はあきらにそばに来るようにと命じ、一つ一つ手順について説明をした。

「ニンニクの色を見ろ。香りを確認しろ。タイミングが命だ」

「はい」

「魚介を入れる順番も絶対に守れ。火が入りすぎても、足りなすぎても、コクが出ない」

「はい」

「今夜は、これまでのストックの食材で作るが、明日からは、貝を変える。さっき、電話で昔の知り合いに頼んで、送ってもらうことにしたから」

「コスト、大丈夫なんですか?」

「なんとかなるだろ。それより、よく香りをかいでおけ。そして、覚えておくんだ」

トマトの酸味が鼻を掠めた。そして、魚介のかもし出す複雑な香り。

「そうら、できた」

花井は、ちょうど茹で上がったパスタの湯を切ると、それをフライパンに投入する前に、味見をするようにと促した。

あきらは、スプーンで鍋肌についたソースをすくって舌に載せた。うまいと思った。だが、比較対象がないからよく分からない。

そのとき、大場が声をかけてきた。

「花井さん、俺にも味見、味見。これから看板メニューになるんでしょ。俺も味を知っておいたほうがいいと思います」

花井は、しようがないといった様子で、うなずいた。

大場は嬉々《きき》としてやってくると、あきらが渡したスプーンで味見をした。大場の表情をあきらは見守った。

大場は、にっこりと笑った。

「なーんだ、うまいじゃないですか。これなら、バッチリですよ」

「まあ、明日になれば分かるさ。ただ、明日は俺が作る。大事な日になるからな」

花井は自分に言い聞かせるようにそう言うと、ペスカトーレの盛り付けを始めた。

その夜、店が終わった後、あきらはペスカトーレの作り方をおさらいしておくことにした。といっても、食材を無駄にするわけにはいかないので、一食分の費用をレジに入れることにした。

他のスタッフたちが引き上げた後、一通り作り終え、調理台の前に座ってそれを食した。

まあまあの出来だなとは思う。でも、まだまだ全然だ。たぶん、坂田老人なんかが食べたら、花井が作ったものとの差は、歴然としてしまうのだろう。

これから当分、修行だ。もっと、基本からたたき上げてもらいたい。なんだか花井に甘やかされている気がする。一段落したら、普通の店に入ってくる新人と同じような扱いをしてほしいと、花井に頼んでみよう。特別扱いをされていては、成長しないだろうし、それでは楽しくない。

怒鳴られることを思うと、決して楽しいわけじゃない。でも、楽しいって、楽をすることでもないし、適当にやることでもない。それがなんとなく分かってきたような気がする。

食器を片付け終わると、厨房を見回した。深夜、一人でここにいるのは初めてだった。蛍光灯に照らし出された調理台は、清潔な輝きを放っている。鍋や調理器具は所定の位置に片付けられ、床もふきあげられている。

ここがこれから当分の間、自分の居場所になるのだなと思った。それは決して嫌な気持ちではなかった。むしろ、ねぐらを見つけた野良猫のような気分だ。

この店に縛り付けられるのではないか、閉じ込められるのではないか。つい二ケ月ほど前までは、そんなふうに思っていたことが、嘘のように思えて、あきらは一人で声を上げて笑った。

自分もずいぶんと変わったものだ。二十七歳にして、ようやく大人になったということだろうか。

大人になるということは、自分を枠《わく》にはめ、我慢をして生きることだと思っていた。お金のために、家族のために、したくもない仕事をするなんて、まっぴらだと思っていた。でも結局、生きるというのはそういうことであり、特別な才能も才覚もない自分は、その運命から逃れられない。ならば、できる限りフラフラしている期間を引き延ばしたかったのだが、もういい。今の自分のほうが、好きだ。

仲間がいる。仕事がある。それでもって、やりたいこともある。

失敗することがあるかもしれないが、そのときはそのときだ。幸い、体は丈夫だ。なんとか生きていくことぐらいできるだろう。

感傷的な気分に浸りながら、店を出た。自宅に向かって歩き始める。十二時近いせいもあって、人通りは少なかった。

風は湿った土の匂いがした。夏の後姿すら、もう見えない。

ミラノキッチンの看板が見えた。すでに店の電気は消えている。ようし、明日からペスカトーレ戦争だ。何を考えて四百円のものを出してくるのか知らないが、見事に迎え撃ってやろうじゃないか。

らしくないなと思いながら、拳に力を込めた。

そのとき、ミラノキッチンの陰から人影が出てくるのが見えた。裏口から出てきたらしい。小太りの男だった。

ウェイトレスか料理人だろうと思ったが、スーツを着ているのが気になった。本社の人間がてこ入れに来ているのだろうか。明日から、スペシャルフード週間とやらが始まるわけで、その打ち合わせかもしれない。

だが、街灯に照らし出された横顔を見て、はっとした。どこかで見たことがあるような気がした。

あきらたちが、ミラノキッチンに偵察に行ったように、向こうからも来ていたのだろうか。大手のくせに、ずいぶんとセコイ真似をする。いや、大手にチェックされているということはむしろ誇れることなのだろうか。

そのとき、男がもう一人、後を追うように出てきた。

「えっ、なんで？」

思わずそう口に出していた。花井がなぜ、ミラノキッチンから出てくるのだ？　しかも、こんな時間に。疑問符が猛烈な勢いで頭の中を飛び交った。そして、次の瞬間、思い出した。

あの男！

いつか、テリーヌが腐っているといってトイレに駆け込んだ女の連れだ。

「待ってくれ。あれは、問題があるかもしれない。さっきから何度も言っているだろう？ そんなものを使ってどうする」

花井の口調は切羽詰まっていた。だが、男は冷ややかな声で言った。

「仮に、何かあったとしても、量の問題だろう。ちゃんと、試験もするんだから」

「試験するって言ったって、一般人が何も知らずに食うわけだろ？ 何かあったらシャレにならんぞ」

「大丈夫ですよ。散々、あんたが人に食わせたじゃないか」

「それは……」

「とにかく、もう構わないでください」

そのとき、タクシーが通りかかった。男は手を上げてそれを停めると、花井には目もくれようとはせずに、乗り込んだ。

タクシーが走り去ってからも、花井はしばらくその場に立ち尽くしていた。

あきらは、息を大きく吐いた。そして、花井に歩み寄った。

「花井さん」

声をかけると、花井は文字通り、その場で飛び上がった。

「聞いてしまいました。あの男の人、例のトラブルを起こした人ですよね」

花井は、苦虫を嚙み潰したような顔をして、目をそらした。

「店に戻りましょう。話を聞かせてください」

「いや、これは俺の問題だから。首を突っ込まないでくれ」

「そういうわけにはいかないです。聞き捨てならないようなことを言っていたし。問題があるだとか、何かあったらシャレにならんだとか……。それって、例の調味料に関係することとしか思えないんですけど。しかるべく手を打つからって言ってたでしょう？　あれ、うまくいかなかったんですか？」

「だから、黙ってろって言ってるんだよ。ガキにあれこれ言われたくないね」

押し殺したような声で花井がすごんだ。怯みかける気持ちを奮《ふる》い立たせた。

「もし、話してくれないのなら、紺野君に調べてもらう。ミラノキッチンに関係あることでしょう？　だったら、何か分かるかもしれないし」

花井が息を飲むのが分かった。

「お願いします。このままじゃ帰れない。それに困っているんでしょう？　何か力になれることがあるかもしれないし。ほら、私じゃ無理かもしれないけど、紺野君もいるわけだし」

花井は、長い長いため息を吐いた。

「お前らみたいなガキどもに頼らなきゃいけないのかよ。俺もとんだドツボにはまっちまったもんだな。でもまあ、ここに長居もできないな」

自嘲めいた口ぶりだった。だが、それでも花井は店がある方角に向かって歩き出した。

二階のテーブルで二人は向き合った。花井は、視線を落としたまま、話を始めた。

「あの男は、ある食品メーカーの専務だ」

「専務?」

「ああ。実質的に会社を仕切っているらしい。社長は若い女。親父が体調を崩したらしくて、それをそっくり引き継いだ。俺は彼女に雇われていた。といっても、最近までだけどな」

「ちょっと待ってください。それって、ウチに来たところから、雇われていたってこと?」

「そう、そのとおり。金が必要だったんだよ。みっともない話だが、地元で店を一軒つぶしちまってな。小さな店だったが、借金で首が回らなくなった。親父とお袋が住んでいる家が担保になっていて、それを取られるわけにはいかなかったし」

花井はそう言うと、それは言い訳だなと言って低く笑った。地方の小さな店か。だとすると寛の情報網に引っかからなかったのも無理はない。

「俺のミッションは、奴らが開発した新調味料のＵＭＺとかいうやつを客に食わせて反応を見ること。リピーターが増えれば成功らしい。ただ、おおっぴらにしてはいけないということだった。目立っちゃいけないそうだ」

だからペスカトーレの騒動のとき、あんなに怒っていたのだ。

「あの紺野とかいう男は、ペスカトーレが変わった味だというところまでは気がついたようだ。要するに突っ込まれるとまずいんだよ。だから、あの後、予定が変更された。サラダのドレッシングを三種類用意し、一つだけにＵＭＺを混ぜる。それで、リピート率が高いかどうかを検証しろって言われていた」

「ちょっと待ってください。その間に、いろいろありましたよね」

花井は、体をもぞもぞと動かした。

「うん……。要はＵＭＺってのは、塩や砂糖みたいな白い粉だ。それを振り掛けるだけだから、調理場でいくらでもごまかしが利くと思っていたんだが、香津子があああいう女だったから、こっちも途方に暮れてしまってな。俺の手元を食い入るように見るわ、隙があると味見をしようとするわで、たまったもんじゃない。俺は言ったよ。他人がいるレストランの厨房で、そんなことはできない、自分一人の店を用意してくれと訴えたよ。でも、そんな手間をかけている時間はない、その女を追い出せばいいだけの話だと言われた」

嫌な気持ちが胸にこみ上げてきた。

そんな陰湿なやりかたを考え付くなんて、まともじゃない。

「だから香津子さんを遠ざけようとして必要以上に彼女にきつく当たったんですね。あのテリーヌ騒動も仕組まれていたってことですか」

怒りを押し殺して尋ねると、花井はバツが悪そうに舌を鳴らした。

「まあな……。俺だって、いい気分じゃなかったぜ。だが、金のことで助けてもらったわけだから、仕事はしなきゃいけない。だから、香津子が来なかった朝、ホッとしたんだ。うまく辞めさせせられることができたってな。自殺未遂と言われたときは心臓が止まりそうになった」

そのときのことを思い出すように、花井は顔をしかめた。

「でも冷静に考えれば、狂言だろ。だから、とりあえず香津子のことは置いておいて、目立たないようにドレッシングにUMZを使うという奴らの指示に従ったわけだ。まずは、客を戻さなきゃ話にならない。ローズビーフを出す、テレビの取材を受けることなんかを指示された。ただ、食材を選んだのは俺だ。あれは正真正銘のうまい肉だ」

花井は、やけに力を込めて言った。それはこの際、重要な問題ではないだろう。それより、もう一つ気になることがあきらにはあった。

「相原の取材、やらせだったってことですか?」

案の定、花井はうなずいた。

「そもそも、この仕事を紹介したのは、相原だ。奴は俺がイタリアにいた頃の知り合いだ」

「イタリアに留学していたんですか」

「そんな高尚なもんじゃない。二十代半ばで会社が嫌になってヨーロッパを放浪。気付いたら、向こうの田舎でフライパンを振ってた」

道理で日本に人脈がないわけだ。日本で修行歴なし。おまけに地方のシェフでは、首都圏の調理師学校や組合を当たったって、名前が出てくるわけがない。

「まあ、その話はどうでもいいな。問題はＵＭＺをミラノキッチンが使うことにしたことだ」

「どういう経緯で?」

「俺がある程度のデータを集めたら、商品化する予定だったらしい。その一号が、ミラノキッチンだそうだ。だが、俺もさすがに嫌だぜ、人が死んだりしたら」

「香津子さんのことですね……」

「ＵＭＺのストックを何本かロッカーに入れておいたんだよ。使ってみたいという人がいるから二本戻してほしいと奴らに言われて、なくなっていることに初めて気がついた。いつのことかは分からないが、やった人間の想像はつく。しかも、その人間が倒れたってなったら、さすがにびびるわ。お前にも、気付かれちまったしな。だからもう金輪際、あんたらとは係《かか》わり合いになりたくない。あんたらだって、何かあってからでは遅いから、もう一度、実験とやらをしっかりやったほうがいいって言ったんだ。俺にいろいろ指示をしていた男は、うろたえていたよ。そいつは、もともと、香津子のことを聞いて、心配はしていたらしい。気が小さい奴だから、花を受付に持って行ったらしいけどな。でも、そんな悠長なことをしてる場合じゃないだろって」

「だけど、やめなかった」

「それどころか、さらに暴走しようとしているらしい。それがあのミラノキッチンのペスカトーレってわけだ」

花井は、そこで言葉を途切れさせると、長く息を吐き出した。すべてを話し終えたという安堵のようなものが、いかつい顔から滲み出ている。

「今日、ミラノキッチンの料理長に話をしに行ったんだ。黙ってはいられないからな。すると、料理長があの男を呼びやがった。そして、何の問題もないから、計画通りに進めるってことで、押し切りやがった。俺がペスカトーレを出して何の問題もなかったことを聞くと、料理長もだったら大丈夫だろうって」

「それはそうだけど、香津子さんのこともあるし、ちゃんと調べたほうがいいですよね」

「そう、そうなんだよ。それだけのことなんだ。だが、あの専務の会社は、業績が悪いらしくてな。台所が火の車らしい。まあ、この不景気だ。外食産業はどこも厳しい。ミラノも景気がいいように見えるが、自転車操業みたいに新店舗を出しているだけで、実態は似たようなものだ。だから、見切り発車しようとしている。それを放っておくのは問題だろ？　それに、俺はほんの少ししかＵＭＺは使わなかったが、奴らはどれだけ使うか分からないんだぜ。香津子が食ったぐらいの量を客が口にしてしまう恐れもある」

そうか、そういうことなのか。

「ちゃんと調べて間違いがないって分かれば、構わないんだよ。まずいものでも多少、洒落ていて安けりゃありがたがって食うのが、日本人だから」

その言い分には、少々異議がある。少なくとも、ミヤマでは、そんな料理は出していない。それに、花井だって、本当のところは、そんなふうに思っていないはずだ。あのローズビーフを坂田老人と、けいちゃん、みっちゃんに食べさせたとき、花井の目に浮かんでいた歓喜の光は、あきらの記憶にしっかりと焼きついている。

でも、今はそんなことを議論している場合ではなかった。

あきらは、目を閉じて考えた。

要は、ＵＭＺとかいう粉を振りかけたペスカトーレが多くの人の口に入るのを阻止すればいいわけだ。

寛に頼んで記事を書いてもらう？　それでは、時間がかかりすぎる。ネットで悪評を流す？　それでも間に合わないだろう。明日の昼から、ＵＭＺは店で供されるのだ。警察に言うような話とも思えないし……。

そのとき、ふと気になった。

「相原は、今回のことをどこまで知っているんですか？」

「ああ、あいつか。よく分かってないんじゃないか？　香津子のことは知らないだろうし、UMZについても、細かいことなんか知るはずがない。金が入るなら、まずいものでもうまいと言える男だからな」

それだ、と思った。

そして、相原効果が絶大であることは、この前のテレビ番組で十分に経験した。

「相原さんの連絡先、分かります？」

「ああ、電話ならな」

「まずいって言わせるんですよ。ミラノのペスカトーレを」

花井が、考え込むような目つきになった。顎を手でつるりと撫でる。

「確かに、あいつがまずいといえば客はドン引きするかもな。でも、俺が呼んだって来ないよ。出せる金もないし」

「脅《おど》せばいいんじゃないですか？　この間の番組が、ヤラセだったとばらすとか、変な会社とつるんで金をもらっているとか。ほら、こっちには一応、紺野君っていう人もいるわけだし」

なんだか、発想がモロに大場のようだ。でも、要は戦争なわけで、多少の強引さは許されるはずだ。

「うーん。しかし、相原がうんと言うかな」

「何を弱気なことを言っているんですか。言わせるのが、花井さんの仕事ですよ」

「まあ、やってみるだけやってみるか」

花井が携帯電話を引っ張り出した。

「私、その他にもいろいろ考えてみます。とりあえずね、ベストは尽くしたほうがいいじゃないですか」

「まあ、そうだな。それより、ちょっと静かにしろよ。あんたテンションが高すぎだ。姉さんよりひどいぞ」

花井はそう言うと、緊張した面持ちで、携帯を操作し始めた。

みゆきよりひどい……。

思わず、両手で頰を挟んだ。

まあ、この際、構わない。毎日、こんなふうにテンパっていたら、とても気持ちが持たないが、一日ぐらいはいいじゃないか。

「ああ、俺ですけど」

花井が話し始める。あきらは固唾を呑んで、花井を見守った。

9章　逆転打

「おおい、あきらちゃん」

坂田老人が、顔をほころばせながらやってきた。坂田老人の背後には、十五、六人の男女がいた。すべてが老人だ。もちろん、みっちゃんとけいちゃんの姿もあった。そして、サチコさんも。今日もいま一つ、暗い顔つきをしているが、それでもバッグを握り締め、そこに立っていた。

「悪いね。急なことだったんで、このぐらいしか集められなかった」

「上出来ですよ、これだけいらっしゃれば、十分です」

「来られなかった人たちも残念がっていたねえ。相原先生と食事ができるなんて、滅多にあることじゃないから」

「もう少し早くお知らせできればよかったんですけどね」

あきらは、神妙な顔つきでそう言いながら、これから起きることを考えると、笑えてきた。

若者をターゲットとしているミラノキッチンのイベントの日に、老人が大挙して押し寄せたら、あの嫌味なホール係もびっくりするに違いない。カラフルな調度を配した店内に、渋い色の服を着た渋い人たちであふれかえる。想像するだけで、愉快な気分になってくる。

「で、そろそろ出発する?」

「はい。一番乗りをしていただきたくて。申し訳ないですね、人生の大先輩方に行列を作らせるなんて」

「いやいや、なんの。どうせ我々は暇ですからな」

老人たちは、嬉しそうに笑った。

「それより、相原先生は本当に来るのかい? 一応、色紙を持ってきたよ」

けいちゃんか、みっちゃんが言うと、みっちゃんかけいちゃんが、大げさに顔をしかめた。

「古いねえ。今時、写メですよ、写メ。孫に送って自慢してやろう。で、相原先生は来るんですよね?」

あきらは、にっこり笑った。昨夜は徹夜だった。眠い。なのに、神経が高ぶっていて、自然に笑顔が浮かんでくる。

「もちろん、いらっしゃいますよ」

坂田が真顔になった。

「でも、あそこ、まずいだろ？　相原先生のお口に合うようなものは出てこないんじゃないかな。そもそもなんで相原先生が、あの店に取材に行くの？」

「まあ、そのへんはいろいろと」

「ふうん。よく分からん話だが、まあいいか。あきらちゃんの頼みってことは、この店にとって大事なことなんだろ」

坂田老人は勝手に納得すると、老人たちを引き連れて、ミラノのほうに向かって歩き始めた。若菜が、「私も先に行っています」と言って、彼らの後を追う。

あきらは、いったん厨房に戻った。

花井、高橋と大場が、忙しく立ち働いていた。包丁が鳴る。水がはねる。すべてが心地よい。調理台を見て、ワクワクした気分になった。今朝、市場から仕入れてきたばかりのイカやアサリが、つやつやとした輝きを放っている。身がプリッとしまっていることが、触らなくても分かった。その隣に無造作に置いてあるニンニクも丸々としている。そのまま歯を立てたくなるぐらいだ。

そのとき、人影が厨房の入り口に現れた。

香津子だった。あきらの胸が熱くなった。

「よかった、来てくれたんですね」

昨夜、香津子にメールを打った。香津子が倒れた原因は、もしかしたら、新開発の調味料のせいかもしれない。まだはっきりとは分からないけれど、その可能性はあると思っている。だから、あれは事故だったと信じている。詳しい話を聞かせてくれないか。

そういったことを一所懸命、書き連ねた。長文メールを書くなんて、ずいぶんと久しぶりのことだった。ひょっとすると、中学生のとき以来じゃなかろうか。当然、うまくいかなくて何度も打ち直した。それでも、うまく伝えられなかったことはたくさんある。文章で伝えるなんて、自分には無理だ。

「私、まだワケが分からないんだけど……」

花井が包丁を置いた。そして、香津子の前にやってきた。香津子は、体を引くようなしぐさをした。花井の顔に、苦悶《くもん》のような表情が浮かんだ。

「すまなかった」

花井が頭を下げた。香津子が戸惑ったようにあきらを見た。

「私……」

「香津子さん、教えてください。花井さんのロッカーから持ち出した調味料。あれ、どのぐらい使ったんですか？」

香津子は視線を床に落とした。

「私も花井さんも、香津子さんを責めるつもりはないです。むしろ、迷惑をかけたのは、こっちのほうなんだから」

香津子は、半信半疑という面持《おもも》ちで、あきらを見た。あきらが、精一杯の気持ちをこめてうなずくと、香津子は唇を舐めた。

「正確なところは分からないけれど、瓶の半分ぐらいは、減っていたと思う。一所懸命練習したから。あと、あの粉を直接舐めて、味を分析しようとしたりしたし……。さっぱり分からなかったけど」

花井が顎を撫でた。

「なるほど、かなりたくさん口に入れたみたいだな。そういうときに、問題が出るんだろうか」

「そのへんは調べてみないと分からないですよね。でも、とにかく調べさせないと」

「メールにも書いてあったけど、あれ、危険なものだったの?」

香津子が尋ねる。

「分からない。でも、調べなきゃいけないと思う。よく分からないものを、いろんな人に食べさせるのはまずいでしょ。香津子さんも、協力してくれませんか? 私の友達のグルメライターの人が、詳しく取材したいと言ってるんです」

香津子の眼に生気が戻ってきた。

「当たり前よ。だって、その話が本当なら、私が被害者第一号ってことになるわけでしよ？　私がちゃんと言わなきゃ誰が言うのよ」

それでこそ香津子だ。少し、安心した。

「それよりあきらさん、さっさとミラノに行ってくださいよ。相原がそろそろ来る頃じゃないですか？」

大場が言う。

「あ、そうね。行かなくちゃ」

「あーあ、俺も行きてえ」

「お前は、さっさとイカを処理しろ。ちゃんと虫がいないかどうかチェックしろよ」

高橋が言うのを聞きながら、あきらは厨房を出た。

ミラノキッチンまでは、軽く走りながら行った。店の前には案の定、すでに行列ができていた。派手にチラシを撒いていたから当然だろう。だが、若菜や坂田老人の姿は見当たらなかった。うまく席を確保できたようだ。

そのとき店の前に黒塗りのハイヤーが滑り込んできた。車が停まるなり、運転手が飛び出してきて、後部座席の扉を開けた。でっぷりとした体が車から降りてくる。

行列の中から、声があがった。相原の顔や体つきは特徴的だ。皆、すぐにそれと分かったらしい。

「相原先生」

あきらが声をかけると、相原は顔をしかめた。

「ああ、あんたか」

何か言いたそうだが、周囲に目があることを意識してか、相原は口をつぐんだ。

「今日はよろしくお願いします。先生だけが頼りなんです」

「うむ」

相原が、重々しくうなずく。

腹の中で舌を出しながら言った。こういう男は、下手に怒らせるよりも、乗せてしまったほうが楽だ。

昨夜、紺野寛に電話をかけて相談したところ、そういう答えが返ってきた。寛は、新調味料について、取材を始めてくれている。どういう形で表に出すつもりなのかは分からない。でも、寛もたいそう憤慨していた。それに、彼の性格から考えて、もみ消すようなことはしないだろう。

「じゃあ、入りましょうか」

あきらは、相原の前に立って店に入った。

客席は埋まっていた。だが、まだ料理は運ばれてきていない。予定通りだった。

店内の中央付近のテーブルに、坂田らが陣取っている。くすんだ色合いの集団は、ポップな色使いの店内でやたらと目立っていた。若菜があきらたちの姿を認めると、立ち上がった。

「あきらさん、こっち、こっち！」

「おお、本当に相原先生だ」

老人たちが、どよめく。

「テレビで見るのと同じだねえ」

いつかのホール係が、ぎょっとしたように、あきらたちのほうを見た。相原の姿を認めたせいか、眉が跳ね上がった。かと思うと、一転して、男は不安そうな面持ちになった。緩みかける頰を引き締め、あきらは席へと向かった。

「席はこちらにお取りしてあります。さあ、どうぞどうぞ」

老人たちは、嬉しそうに相原を迎えた。

有名人と食事をするというのは、彼らにとって大きなイベントに違いない。店内にいる他の客たちの視線も、相原に釘付けだ。相原は、視線を意識するように、ことさらゆったりとした足取りで坂田老人の隣の席に着いた。

「人数分の注文はすませておきましたから」

若菜が言うのと同時に、厨房からウェイトレスがあたふたと出てきた。何せ人数が多い。二人がかりで、厨房と三往復ほどしたところで、ようやく全員の前に皿がそろった。もちろん、全員、ペスカトーレである。具はそれなりに載っている。見かけは四百円にしてはありえないほどゴージャスだ。

例のホール係が近づいてきた。怒ったようにあきらに小声で言う。

「いったい何の真似ですか、これは。相原先生がなんでここに？」

「何の真似と言われても。私たちはただ客として来ているだけですよ。相原先生は、ちょっとした知り合いなんです」

「しかし……」

男はしきりに揉み手をしながら、相原を横目で盗み見た。話しかけるきっかけをつかもうとしているようだが、それに動じるような相原ではない。

「では、先生からどうぞ」

坂田が言うと、相原はフォークを手に取った。

「うむ」

小指を立ててフォークで麺《めん》を巻き取ると、無造作に口に入れた。次の瞬間、相原の顔が歪《ゆが》んだ。老人たちは、驚いたように相原を見つめている。

あきらは、内心、舌を巻いた。あの表情が演技ならば、たいしたものだ。さすがプロと言うべきか。

「相原先生？」

坂田が言いかけると、相原はテーブルに置いてあった紙ナプキンをむんずとつかみ、口元に押し当てた。

「先生！」

周囲がざわめいた。老人たちが座っている席ばかりではない。他の席の客も、相原の様子を食い入るように見つめている。

相原は、ナプキンを丸めてテーブルに置くと、憤怒の表情を浮かべて、ホール係をにらみつけた。

「君っ！」

「はっ」

ホール係が、はじかれたように駆け寄ってきた。

「なんだね、この味は」

「あの、いえ、その……。お口に合わなかったようで、申し訳ございません」

ホール係は、しどろもどろで揉み手を繰り返す。相原はふんぞり返った。おお、素晴らしい態度。だが、ちょっとやりすぎではないだろうか。他の客たちが引いている。

相原は重々しく首を横に振った。

「いや、口に合わないという話ではないよ。私だって、庶民向けの店で、高級食材が出てくることを期待しているわけじゃない。だが、これは、明らかに何か混ぜモノをしているだろう」

「えっ、あの……」

相原はテーブルの上のコップを取ると、水をごくごくと飲み干した。

「舌に不快な刺激を感じた。私の知らない刺激だね。私が知らないということは、これまで少なくとも日本にはなかったということだ。いったいこれはどういうものなんだね？」

客席がざわめき始めた。

「それは、あの、企業秘密でございまして……。それより先生、お声が……」

周囲の目を気にしながらホール係はしきりと頭を下げた。額に汗をびっしょりとかいている。

「ああ、なるほど。申し訳ない。つい、声が大きくなってしまいましたな」

相原はそう言うと、皮肉たっぷりの笑みを浮かべた。

「私はこのへんで退散させてもらう。感想を述べたまでだから、営業妨害には当たらんでしょうが、ご迷惑をかけるのもなんですからな」

相原はホール係に向かってそう言うと、老人たちに頭を下げた。

「せっかく集まっていただいたのに、こんなことになって申し訳なかったですな」

老人たちは、いっせいに首を横に振った。

「いえいえ、先生、そんな……」

「いやあ、正直なお人柄に感銘を受けました。教えてくださってありがとうございます」

優しい人たちだ。それを当てにして、声をかけたわけだけど、ここまではまるとは思わなかった。

それでも、何人かは素早くペスカトーレの味見をしていた。坂田もその一人だ。坂田は、一口食べるなり、首をかしげた。

あきらは、一瞬、ヒヤッとした。

坂田は、ここのペスカトーレが、れすとらんミヤマで出していたものと同じ味だと気がつくだろうか。気がついたら気がついたで構わない。坂田は、本当のことを言えば分かってくれるだろう。

相原は、そのまままきびすを返すと、店を出て行った。やれやれ、という空気が背中から漂っていた。その背中に向かって頭を下げた。

外に出るまで、彼の姿を目で追った。行列にいる人の一人が、相原に声をかけている。相原が足を止めて答えている。これでいい。ひとまず、作戦は成功だ。

あきらは、視線をテーブルに戻した。

「なんだか、これ、食べる気がしなくなったね」

みっちゃんか、けいちゃんがつぶやいた。

「そうだよなあ。あんな話を聞いてしまうとね」

「悪いけど、次の店に行くか」

隣のテーブルにいた客が、注文をペスカトーレからピッツァマルゲリータに変更できないかどうか尋ねている。

それを聞きながら、あきらも席を立った。

「じゃあ、そろそろ行きますか」

少し緊張する。これからみんなでミヤマへ行く。花井が渾身《こんしん》の力と思いをこめて作るペスカトーレを口にするとき、坂田たちはどういう表情を浮かべるだろうか。

すぐには彼らを唸らせることはできないかもしれない。急遽、準備した食材は、必ずしも満足なものではない。

でも、花井はあのローズビーフ用の肉の肥育業者をはじめ、よい生産業者を知っているらしい。そういうものを無理のない範囲で導入していけば、きっとそのうちなんとかなる。

みゆきも分かってくれるだろう。分からなければ、説得するまでだ。高橋や大場、若菜だって協力してくれるに違いない。

いつの間にか、スキップをしていた。

「あきらちゃん、機嫌がいいね」

坂田老人が呆れたように言った。

新社長が頭を抱えた。

「相原さんが……。あの人がそんなことをするなんて思わなかった。昨日の夜、店長さんや料理長に、全く問題はないと説明をしたんでしょう？　なのにこんなことをされてしまったら、私たちの立場がないです」

専務も肩を落とした。

「ミラノキッチンの本部もカンカンですよ。ミラノには業界誌の取材依頼も入ったようです。UMZ導入の件は大きいですからね。ミラノには業界誌の取材依頼も入ったようです。UMZ導入の件については、話をいったん白紙に戻すと言ってきた。もちろん資本参加の話も」

「あの花井というシェフの差し金でしょうか」

「そうとしか思えないですが……。まさか、あいつがそこまでやるとは」

そう言うと、専務は男をにらんだ。

「君がきちんと対処してくれなかったから、こういうことになるんじゃないかね」

男は黙ってうな垂れた。会社の業績回復や、従業員の生活のことを考えると、新社長や専務が言うように、土壇場で最悪のことが起きたと言える。

だが、同時に安堵する気持ちもあった。これで良かった。

新調味料、UMZは間違ってはいない。コクとして受容体に認識される化合物。脂のようにカロリーがあるわけでもないのに、脂のように病み付きになる。それで、うまいと人間が感じるならば、問題はなかろう。ただ、もう少し慎重に安全性を確かめなければならない。

そして男は引っかかっていた。花井はこの国の人間を信じる気になったようだ。自分は間違っていたのだろうか。

「唐沢君、君は当分、来なくていい」

専務の言葉にどこかほっとしていた。そして、思った。かなわない夢かもしれないが、またミヤマで家族とくつろぎたい。

エピローグ

れすとらんミヤマの厨房で、みんなが見守る中、あきらはフライパンに火を入れた。まずはオリーブオイルでニンニクをじっくり加熱した。まるで花が開く瞬間のように、香ばしい香りがたってくる。花井と一緒に市場で厳選してきただけのことはある。次いで赤唐辛子を投入。これは、練馬《ねりま》区にある農家から直接購入した。ムール貝、イカといった具材も教えられたとおりの順番で慎重に投入していく。あの日、ミラノキッチンから移動してきた老人グループは、花井のペスカトーレを絶賛した。あのときは花井が作ったけれど、明日からはあきらが手がけることになる。

値段は従来と比べて百円上げることにした。お客さんが理解してくれるかどうか、心配ではあるけれど、やってみるしかない。それに、過剰な心配は無用だ。もし、受け入れられなかったら、軌道を修正すればいい。

ボールを投げる。それが返ってきたら、また投げる。料理人と客とは、料理を通じて、キャッチボールをするようなものだ。いい球を投げたら、相手もいい球を返してくれる。

それを信じてやらなきゃ嘘だ。いい球を投げるために、小細工はしない。変化球も使わない。ストレートで勝負する。フォームをきっちりと覚え、何千球、何万球と投げていくうちに、いつか、完璧な球を投げられるようになるはずだ。いや、そうではない。投げられるようになるまで、投げ続けてやる。

鍋の中では、スパゲッティが踊っている。ゆで汁の塩加減も花井に教えられたとおりにした。

手早くスパゲッティを湯から上げ、フライパンに投入した。タイミングが少し早かったかもしれない。横目で花井をちらっと見ると、やはりそうだったようで、濃い眉を寄せていた。

あきらは息を止めると、湯気の立つペスカトーレを白い皿に盛った。盛り付けだけは自信がある。スパゲッティを盛る練習だけなら、コストがあまりかからないので、五十回は練習した。

「出来ました。味見をお願いします」

花井の顔を見て、頭を下げた。

みゆきが、心配そうな顔つきで、花井を見ている。高橋は、どっしりと落ち着いていた。大場はどこか楽しむような微笑を浮かべ、香津子は腕を組んでいる。

花井は、スプーンで皿からソースをすくいとると、舌の上に乗せ、目を閉じた。

心臓がぎゅっと縮まるような思いがする。

花井はそのまましばらく口の中で舌を動かすようにしていたが、目を開けると、ニヤッと笑った。

「最低ライン。でも合格点はやってもいい」

最低ラインか。でも、一週間でここまで来られたのだから、よしとすることにしよう。

あきらは、頭をもう一度下げた。

「ありがとうございます」

みゆきが、両手を揉むようにしながら花井に向かって言った。

「もう少し……。あと三ケ月ぐらい、ウチにいてもらうわけにはいかないですか？　そりゃあ、今度行くお店は、ウチより給料がいいでしょうけど……」

「花井さんに、いろいろ教えてもらいたかったです。あれを使わない料理だってすごかったから」

香津子も、未練がましい口調で言う。香津子は店に戻ることになった。母親を説得するのに骨が折れたようだが、ようやく昨日、決着がついたようで、今朝、晴れ晴れとした顔で店に顔を出した。香津子は寛の取材に協力する気満々だった。ただ、相手の食品メーカーが全面的に非を認め、新調味料について安全性試験を実施すると確約したらしく、寛はどこまで記事にすべきか、現在、悩んでいる最中だ。なにせ狭い業界の中のことである。

また、大物評論家の相原も係わっている。あまり攻撃的な記事を書いてしまうと、後の仕事に差しさわりがあるらしい。

腰砕けという気がしないでもないけれど、ミヤマが新調味料の実験台になっていたことが表ざたになるのは、できれば避けたかった。だから、寛に文句を言う気もないし、香津子も、今後絶対に被害が出ないならばという条件で、自ら保健所などに訴えることはしないことになった。もちろん、見舞金という よく分からない名目のお金を、メーカーからはもらった。それがいくらなのかは知らないけれど、アパートを引っ越すと言っていたから、それなりの金額ではあるのだろう。

花井は、下を向いて頭を掻くと、ぼそっと言った。

「いや、本当に申し訳ないけど、金の問題があるから」

「そうよね……」

みゆきが、諦めたように言った。

花井は相原の紹介で、都心にある老舗《しにせ》のイタリア料理店に移ることになった。かなり高級な店であり、報酬はなかなかのものらしい。借金を自力で返すには、店を移って地道に働くのが一番の近道だと、寛も言っていた。

あきらも納得はしているが、みゆきと同様、花井がいなくなると思うと心細くてたまらない。

高橋と大場が、ペスカトーレの皿を引き寄せ、味見を始めた。彼らの評価も気になった。一番下っ端なのに、ペスカトーレを任されるというのが、よいことなのかどうかも正直、分からない。

みゆきが「あきらに将来、店を任せたい」と皆の前で言ったから、看板メニューの一つをあきらが担当することになったのだが、本当にこれでよかったのか、あきらには自信がない。やっぱり、みゆきは強引すぎる気がする。高橋は、サバサバとした表情で、それが一番よいと言ったけれど、その言葉を額面どおり受け止めても大丈夫だろうか。

花井は顔を上げると、みゆきとあきらを勇気づけるように微笑んだ。

「あと何年かかるか分からないけど、俺、金のメドがついたら、田舎でもう一度店を出したいと思っているんです。あと、来週にでも一度、帰ってみようと思っているし」

「そう……。そうですか」

辞めることが決まったこともあり、みゆきは、もはや花井に対する興味を失っているようだが、あきらは気になった。

「花井さん、田舎に行ったら……」

「ああ、もちろんだ。俺が向こうで懇意にしていた肥育家や農家と話し合ってみるよ。コスト計算しなきゃいけないから、確約はできないが、牛肉やら野菜やらを直接、送ってもらえるように算段してみる」

それが、花井の置き土産ということだろう。心遣いがありがたかった。でも、まだ不安だ。

スプーンを舐めていた大場が、首をひねりながら口を開いた。

「これ、よく味わってみると、高橋さんのペスカトーレと似ているような気が……。素材がいいせいか、パワーアップしたようではあるけれど」

高橋がうなずく。

「僕も実はそう思った。花井さん、詳しいレシピを見せてもらえませんか？　あきらちゃんのノートでも構わないけど」

花井が不敵な笑みを浮かべた。

「なんだ、今頃気がついたのかよ。まったく、しようがねえな」

「それってどういうことですか？」

「二階の戸棚にあったこの店の元々のレシピを拝借した。素材はちょいと考えたけどな」

「ということは……」

「ああ。たぶん、あんたらの親父さんが考案したもんだろ。几帳面《きちょうめん》な人だったんだな。熱の入れ方とかが、嫌になるぐらい細かく書かれていた。他のレシピも見たが、メモの詳しさではペスカトーレがダントツだった。よっぽどの自信作だったんだな。おそらく、ずっとこの店に残したいと思っていたんだろう。これさえあれば、他の店ができても対抗できると考えたのかもしれない。その考え方は正しいと思う。流行り廃《すた》りはあっても、ペスカトーレを食いたい人間はいるはずだ。俺は賭けてもいいね。半世紀後にも、この国にペスカトーレは残ってる」

あきらとみゆきは、ほぼ同時に、ペスカトーレの皿に手を伸ばした。大場がスプーンを手渡してくれる。

みゆきの目が真っ赤だった。たぶん、自分も同じだろう。

ソースをゆっくりと舌に乗せた。喉の奥が詰まったようなかんじがして、味がよく分からなかった。

解説——小説の巧さと料理の美味さが直結

細谷正充《ほそやまさみつ》（文芸評論家）

日本ほど、さまざまな料理が手軽に食べられる国は珍しい。大都市圏に行けば、フレンチ、イタリアン、中華などは当然、かなりマイナーな国の料理まで楽しむことができる。また、特定の料理の種類も、多種多様だ。たとえばパスタ。かつてスパゲティと呼ばれ、喫茶店の定番メニューだった頃は、ほとんどナポリタンとミートソースのみであった。だが今では、どれを食べようかと迷うほど、豊富なメニューを誇っている。魚介類とトマトを使用したペスカトーレも、そんなパスタのひとつだ。本書は、そのペスカトーレが重要な役割を果たす、美味《おい》しいエンタテインメント・ノベルである。

物語の内容に触れる前に、まずは作者を紹介しよう。仙川環《せんかわたまき》は、一九六八年、東京に生まれる。大阪大学大学院医学系研究科修士課程修了。新聞記者となり、医療技術・介護・科学技術の分野を担当した。ミステリーが好きで、海外では、スー・グラフトンやマイケル・Z・リューイン、日本では、宮部《みやべ》みゆきや東野圭吾《ひがしのけいご》を愛読。シンクタンクに出向になり時間の余裕ができたことから、ミステリー教室に通い始め、小説を執筆する。二〇〇二年、臓器移植をテーマにした医療ミステリー『感染』で、第一回小学館文庫小説賞を受賞。これがベストセラーとなり、作家として幸運なスタートを切った。以後、医療や科学技術を題材にしたミステリーを、軽快なペースで刊行。たちまち、現代ミステリー・シーンを支えるひとりになったことは、周知の事実であろう。

さて、こうした経歴から、医療ミステリーの作家と思われがちな作者だが、まだ著書こそ少ないものの、それとは別の創作の流れがある。『ししゃも』と本書である。どちらも食と働く人をテーマにしながら、ミステリーの味つけをした長篇だ。今後、作者の創作の、もうひとつの柱となるジャンルといっていい。

本書『逆転ペスカトーレ』は、二〇〇八年十二月、祥伝社より刊行された書き下ろし長篇だ。主人公は、二十代後半の深山《みやま》あきら。東京の代々木上原《よよぎうえはら》駅の南側にある「れすとらんミヤマ」の近くで暮らしている。だが、店にはタッチしていない。オーナー・シェフだった父親が十年前に死んでからは、開業のときから父の下で働いていた小埜《おの》が、店を切り盛りしている。といっても経営権を手放したわけではなく、あきらの姉のみゆきが、ガッチリ握っている。あきらは、古着屋を開くことを夢見ながら、フラフラした生活をおくっているのだ。

だが、小埜が店を辞めることになり状況は一変。みゆきの命により、ホール係として働くことになる。さらに曲折を経て、花井光男《はないみつお》というシェフを雇うことになった。職歴も分からず、高圧的な態度の花井に、店の人間関係はぎくしゃく。しかし花井の腕は抜群だ。

彼の作ったペスカトーレを食べた客は、その日のうちにもう一度食べにくるほどである。当然、ペスカトーレを店の売りにしようとするあきら。グルメライターの友人に頼み込んで、料理を紹介してもらう。ところが花井はこれに怒り、ペスカトーレを出すのを止めてしまう。いったい花井は、何を考えているのか。さらに相次ぐ騒動に翻弄《ほんろう》されるあきらだが、厨房に入るようになり、働く喜びに目覚めていくのだった。

「新刊ニュース」二〇〇九年二月号に掲載されたインタビューで、なぜ中心となる食べ物をペスカトーレにしたのかと聞かれ、

「何となく食べたかったから（笑）。もちろん『食』に関心がありますが、今作は『食の安全』についての問題提起ではなく、『人生、いろいろありますね』という話にしたいと思いました。後継者がいなかったり、大企業のチェーン店に押されたりで、家族経営のお店が姿を消していくのはさびしいですよね。それに最近では、煩《わずら》わしいとか、自分が傷つくのも誰かを傷つけるのもいやだと、家族のように濃密な人間関係を苦手とする若い人が多いと思います。でも職場に入れば、いやでも一日中顔を合わせて働くことになる。私は会社員をしていた頃、新入社員が職場の人間関係の中で変わり、自分なりの仕事観をつかんでいく様子を見るのが楽しかったので、ストーリーを通して人物たちがどう変わるかも、興味がありました」

と述べている。これを見ると作者の関心は、食よりも働く人にあったようだ。なるほど、たしかに本書を読んでいると、一番気になるのが、「れすとらんミヤマ」で働く人たちがどうなるかであった。それぞれの個性を持ちながら、それなりに巧《うま》く回っていた職場。そこに花井という強烈な異分子を投げ込むことによって、さまざまな軋轢《あつれき》を起こす。しかも主人公の深山あきらは、経営者側でいながら、新参者の下っ端という複雑な立場だ。何だかんだと騒動に翻弄されているうちに、あきらは自分がモラトリアム人間だったことを自覚。

そしてついには、「お姉ちゃん、働くって楽しいことだったんだね」という言葉を発するまでに成長する。もちろん、あきらだけではなく、「れすとらんミヤマ」の面々、さらには花井までもが、プラスの方向に変わっていく。その過程が、気持ちのいい読みどころになっているのだ。

また、ミステリーとしての面白さも見逃せない。料理を題材にしたミステリーというと、まず思い出されるのが、ハリー・クレッシングの『料理人』だ。田舎町に現れた料理人が、町の半分を所有している実力者の家に雇われ、料理の腕と話術で人々を魅了し、ついには一家を支配してしまうという異色長篇である。また、由緒あるグルメ・ガイドブックの覆面調査員を主人公にした、マイケル・ボンドの「パンプルムース氏」シリーズを始め、料理を彩りに使ったミステリーは多い。ミステリーと料理は、意外なほど相性がいいのである。

とかいいながら、本書を読んでいて私がまず思い出したのは、牛次郎《ぎゅうじろう》原作・ビッグ錠《じょう》画のコミック『包丁人味平《あじへい》』であった。なぜならこのコミックには、一度食べたら何度も食べてみたくなる〝ブラックカレー〟という魔性のカレーが登場するのだ。何だか本書のペスカトーレと、似ているではないか。いや、もちろん、何度も食べたくなる理由は違う。そしてそこに本書の、独自の味わいがあるのだ。

ネタバレになるので詳しく書けないが、ペスカトーレを何度も食べたくなる理由は、きわめて現代的だ。科学技術の発展と、食品業界を取り巻く状況を見ると、このようなものができてもおかしくない。新聞記者時代に、科学技術を担当していたという作者ならではのアイディアといえよう。

さらに注目したいのが、先のインタビューで作者が、

「謎に引っ張られて次へ次へと読み進んでいく話が好きなので、謎を作りました。小説は、ストーリーという縦糸に、人物の心情などの横糸が絡み、その上で人間がどうなるかが書かれる、縦糸と横糸の関係だと思っています。謎があって、それに対する答えが得られるもの、事件が書かれているものをミステリーととらえていて、事件は殺人などの大事

件でなくてもいいと思っています」

といっていることだ。小さなレストランを舞台としたお仕事小説としてだけでも通用するのに、ミステリーの要素を入れて、さらに興趣《きょうしゅ》に富んだ物語に仕立てる。とことん読者を楽しませようという、作者のプロ意識が、本書の面白さを強固なものにしているのである。

作品の性質上、ペスカトーレにばかり言及してしまったが、物語の後半に出てくる〝ローズビーフ〟も、実に美味《うま》そうであった。そして料理を美味しく描いている小説は、作者の筆力を――ひいては小説の質を、信用していい。なぜなら、まったく別の感覚である味覚の愉悦《ゆえつ》を、文章で伝え切っているのだから。小説の巧さと料理の美味さが、イコールで直結している。本書はそのようなウマイ作品なのである。

※この作品はフィクションであり、登場人物、団体などは、すべて実在するものといっさい関係ありません。

（この作品『逆転ペスカトーレ』は平成二十年
十二月、小社より四六判で刊行されたものです）

一〇〇字書評

切・り・取・り・線

購買動機（新聞、雑誌名を記入するか、あるいは○をつけてください）	
□（　　　　　　　　　　）の広告を見て	
□（　　　　　　　　　　）の書評を見て	
□ 知人のすすめで	□ タイトルに惹かれて
□ カバーが良かったから	□ 内容が面白そうだから
□ 好きな作家だから	□ 好きな分野の本だから

・最近、最も感銘を受けた作品名をお書き下さい

・あなたのお好きな作家名をお書き下さい

・その他、ご要望がありましたらお書き下さい

住所	〒				
氏名		職業		年齢	
Eメール	※携帯には配信できません	新刊情報等のメール配信を 希望する・しない			

この本の感想を、編集部までお寄せいただけたらありがたく存じます。今後の企画の参考にさせていただきます。Eメールでも結構です。

いただいた「一〇〇字書評」は、新聞・雑誌等に紹介させていただくことがあります。その場合はお礼として特製図書カードを差し上げます。

前ページの原稿用紙に書評をお書きの上、切り取り、左記までお送り下さい。宛先の住所は不要です。

なお、ご記入いただいたお名前、ご住所等は、書評紹介の事前了解、謝礼のお届けのためだけに利用し、そのほかの目的のために利用することはありません。

〒一〇一‐八七〇一
祥伝社文庫編集長　坂口芳和
電話　〇三（三二六五）二〇八〇

祥伝社ホームページの「ブックレビュー」からも、書き込めます。
http://www.shodensha.co.jp/bookreview/

祥伝社文庫

逆転《ぎゃくてん》ペスカトーレ

平成24年 4 月20日　初版第1刷発行

著　者　仙川《せんかわ》 環《たまき》

発行者　竹内和芳

発行所　祥伝社《しょうでんしゃ》

東京都千代田区神田神保町 3-3
〒 101-8701
電話　03（3265）2081（販売部）
電話　03（3265）2080（編集部）
電話　03（3265）3622（業務部）
http://www.shodensha.co.jp/

印刷所　萩原印刷
製本所　ナショナル製本
カバーフォーマットデザイン　芥 陽子

Printed in Japan ©2012, Tamaki Senkawa ISBN978-4-396-33752-0 C0193

祥伝社文庫の好評既刊

仙川 環　ししゃも

故郷の町おこしに奔走する恭子。さびれた町の救世主は何と!? 意表を衝く失踪ミステリー。

恩田 陸　不安な童話

「あなたは母の生まれ変わり」変死した天才画家の遺子から告げられた万由子。直後、彼女に奇妙な事件が。

恩田 陸　puzzle〈パズル〉

無機質な廃墟の島で見つかった、奇妙な遺体たち！ 事故か殺人か、二人の検事が謎に挑む驚愕のミステリー。

恩田 陸　象と耳鳴り

上品な婦人が唐突に語り始めた、象による殺人事件。少女時代に英国で遭遇したという奇怪な話の真相は？

小池真理子　間違われた女

顔も覚えていない高校の同窓生からの思いもかけないラブレター、そして電話…正気なのか？ それとも…。

小池真理子　会いたかった人

中学時代の無二の親友と二十五年ぶりに再会…喜びも束《つか》の間《ま》、その直後からなんとも言えない不安と恐怖が。

祥伝社文庫の好評既刊

小池真理子　追いつめられて

優美には「万引」という他人には言えない愉しみがあった。ある日、いつにない極度の緊張と恐怖を感じ…。

近藤史恵　カナリヤは眠れない

整体師が感じた新妻の底知れぬ暗い影の正体とは？　蔓延する現代病理をミステリアスに描く傑作、誕生！

近藤史恵　茨姫《いばらひめ》はたたかう

ストーカーの影に怯《おび》える梨花子。対人関係に臆病な彼女の心を癒《いや》す、繊細で限りなく優しいミステリー。

近藤史恵　Shelter

心のシェルターを求めて出逢った恵といずみ。愛し合い傷つけ合う若者の心に染みいる異色のミステリー。

柴田よしき　観覧車

行方不明になった男の捜索依頼。手掛かりは愛人の白石《しらいし》和美。和美は日がな観覧車に乗って時を過ごすだけ…。

柴田よしき　回転木馬

失踪した夫を探し求める女探偵・下澤唯。そこで出会う人々が、彼女の人生を変えていく。心震わすミステリー。